Lo llamaré amor

PEDRO CARLOS LEMUS
Lo llamaré amor

RANDOM HOUSE

Papel certificado por el Forest Stewardship Council®

Primera edición: marzo de 2025

© 2023, Pedro Carlos Lemus
© 2023, de la presente edición en castellano para todo el mundo:
Penguin Random House Grupo Editorial, S.A.S., Bogotá
© 2025, Penguin Random House Grupo Editorial, S.A.U.
Travessera de Gràcia, 47-49. 08021 Barcelona

Penguin Random House Grupo Editorial apoya la protección de la propiedad intelectual. La propiedad intelectual estimula la creatividad, defiende la diversidad en el ámbito de las ideas y el conocimiento, promueve la libre expresión y favorece una cultura viva. Gracias por comprar una edición autorizada de este libro y por respetar las leyes de propiedad intelectual al no reproducir ni distribuir ninguna parte de esta obra por ningún medio sin permiso. Al hacerlo está respaldando a los autores y permitiendo que PRHGE continúe publicando libros para todos los lectores. De conformidad con lo dispuesto en el artículo 67.3 del Real Decreto Ley 24/2021, de 2 de noviembre, PRHGE se reserva expresamente los derechos de reproducción y de uso de esta obra y de todos sus elementos mediante medios de lectura mecánica y otros medios adecuados a tal fin. Diríjase a CEDRO (Centro Español de Derechos Reprográficos, http://www.cedro.org) si necesita reproducir algún fragmento de esta obra.

Printed in Spain – Impreso en España

ISBN: 978-84-397-4468-9
Depósito legal: B-17.363-2024

Impreso en Liberdúplex (Sant Llorenç d'Hortons, Barcelona)

RH44689

Para Claudia y Pedro

También yo, como el resto de los humanos, tuve dientes de leche. Cada tarde, sin mucho entusiasmo, asistía a un entrenamiento de gimnasia después de la jornada escolar. Era un niño flaquísimo, mejor dicho, en los huesos, y me destacaba por la flexibilidad, más que por la fuerza. No creo haber pasado ningún momento feliz allí, salvo por la débil satisfacción de pertenecer a un grupo, y el placer, también débil, de ver el colegio a una hora a la que el resto de mis compañeros de clase no podía verlo. Alguna de esas tardes, en medio de una acrobacia, me resbalé y caí. Los dientes superiores del medio recibieron el golpe. Hoy sé que se llaman dientes incisivos. Ese día no sabía nombrarlos, pero supe a qué sabían. Probé la sangre. Es verdad que tiene un sabor metálico. También es amargo y, si uno soporta lo suficiente, alcanza a deleitar. Estoy pensando en las pérdidas.

La noche en que hablamos por primera vez, Simón dijo que a él también le gustaba la sangre. Yo no había dicho que a mí me gustara: él estaba diciendo que a veces le costaba dormir y luego dijo que también le gustaba la sangre. Quería decirme que a lo mejor era un vampiro. Yo había escrito hacía poco un texto sobre el ajo y el corazón, y en el párrafo final escribía que, aunque el olor del ajo pudiera incomodar, su aroma ahuyentaba a los vampiros, y a veces uno prefería proteger la sangre y el corazón. No había forma de que él hubiera leído el texto, pues no circulaba todavía la revista en la que saldría publicado, así que, aunque el texto se tratara de ahuyentar vampiros y no de acogerlos, me pareció un buen presagio. En realidad, antes que protegerlo, yo prefería arriesgar el corazón; era ese tipo de romántico. Él exhibía en la conversación, confiado, su vulnerabilidad. Dudaba, corregía lo que él mismo acababa de decir, me hacía preguntas de las que a lo mejor ya conocía la respuesta. Hacía un despliegue tan fresco y certero de sus inseguridades que debía tratarse de un acto ensayado, calculado como su ropa, negra de pies a cabeza, como alguien creería que es la ropa de los vampiros. Yo lo miraba encantado de poder ver a través de su impostura y alcanzaba a conmoverme con el hombre inseguro —desamparado, habría dicho entonces— que en una noche como esa, pero muchas noches antes, después de una conversación incómoda, de un rechazo inesperado, de irse a la casa solo tras haber esperado de pie en la mitad de la fiesta, había entendido que era mejor preparar un personaje para esas ocasiones, no fuera a suceder que lo encontrara la noche sin diálogos precisos. Descubrir la autenticidad en el centro de su actuación fue empezar a quererlo. Esa noche, decía, hablamos de la sangre. Él dijo que solo había probado la suya, y yo imaginé que le ofrecía la mía, para alimentarlo y que me llevara adentro, pero me pareció muy pronto, digamos excesivo; no quería ahuyentarlo. Esa noche también dijo que le gustaban mis dientes.

Aquella tarde de gimnasia llegué a la casa y no hablé. Esperé a que sucediera la noche, acostado, sin pedir ayuda y con ganas de hacerlo, y me acaricié los dientes con la lengua. Eran suaves y estaban hechos de una fragilidad que hasta entonces había desconocido en el cuerpo.

Yo vivía en una casa en la que creía que vivía mi papá. Quiero decir: no sabía en qué casa vivía yo. Era la cuarta casa, y la segunda si solo se contaban en las que había vivido después de la separación de mis padres, que había sucedido hacía poco. Antes había vivido con mi madre en la casa de mis abuelos, los padres de ella, pero la casa quedaba tan lejos, afuera de la ciudad, que tenía que madrugar demasiado para llegar al colegio. A mi padre se le ocurrió que sería una buena opción que viviera con él, donde su madre, mientras que a la mía le entregaban un apartamento que estaba en construcción y por el que pagaba durante esos meses la cuota inicial. Ya era de noche cuando oí a una de mis tías hablar por teléfono. Habló de mi silencio y de la oscuridad del cuarto, donde no había visto ninguna luz encenderse. Contó con espanto que tampoco me había oído llorar. Dijo afectada que nunca había visto nada así: un niño encerrado, a oscuras, que ni siquiera trataba de llamar la atención con su llanto. Dijo también que mi papá no tenía planeado ir a visitarme ese día. Que ella ya había llamado a su casa, a la de él, pero nadie le había contestado.

La casa en la que yo vivía tenía un jardín, y el jardín, un apartamento que había sido construido después y que yo compartía con un primo y la madre de él. Era una casa por fuera de la casa. Adentro, en la casa principal, estaban los cuartos de otra tía y el hijo de ella, de mi padre y de mi abuela, la dueña de la casa. Allí habían crecido los doce hijos que tuvo y allí volvían los hijos que se quedaban sin trabajo o sin amor y necesitaban un lugar donde dormir. Mis dos tías habían vuelto hacía años y ya no planeaban irse. Decían que les gustaba acompañar a mi abuela y que era una casa muy grande para ella sola. Tampoco tenían planes de volver a encontrar un amor, pues estaban concentradas en el hijo que a cada una le había quedado del amor pasado. Mi abuela agradecía la compañía y alcanzaba a complacerse con la crisis que había llevado al que fuera de sus hijos —y, sobre todo, de sus hijas— a volver a la casa, pues le gustaba darles posada y recibir a los nietos que con ellos llegaban.

A mi padre lo veía algunos días de la semana, cuando él no llegaba demasiado tarde del trabajo y me encontraba dormido. Yo salía muy temprano para el colegio, así que tampoco era costumbre verlo en las mañanas: él dormía hasta tarde. El día en que me fui contra el suelo, supe por mi tía, sin que ella me lo estuviera contando a mí, que mi padre vivía en otra casa y que solo a veces se quedaba a dormir en la casa donde yo dormía. También entendí que yo era el único que creía que él vivía allí, y al enterarme del engaño fingí que había estado al tanto de la situación desde hacía mucho tiempo, o más bien, para ser exacto y también grandilocuente, que lo había sabido desde siempre. No dije nada, ni a él ni a nadie. Tampoco lloré. Solo miré el techo mientras que en la radio sonaba una canción en la que alguien decía «Hasta ya no respirar yo te voy a amar». La canción estaba de moda entonces, y la cantaba una boyband gringa que por primera vez hacía una canción en español. Habían decidido usar una lengua distinta de la suya para cantar esa improbable promesa. Escucharla me hacía pensar en burbujas. En burbujas y en bosques fríos y de árboles altos y anchos que yo no había visto por fuera del video de la canción. Los cantantes se vestían con suéteres de lana y chaquetas que yo nunca había usado ni visto a nadie usar en el calor de Barranquilla. Pensa ba, sobre todo, en que nunca había estado en el lugar del video, y ese pensamiento me hacía estar más allí, más presente y más solo, en el cuarto. A veces he creído que esa fue la primera canción que escuché, aunque sé que hubo canciones antes, en otras casas. Algo en el recuerdo de la canción me lleva a un momento anterior, que no habla del tiempo sucesivo sino del tiempo de los impactos, que rompen la sucesión y sacan del tiempo.

He querido encontrar en ella una explicación a la sospecha recurrente de estar en un lugar que no me pertenece o al que no pertenezco: a cierta sensación de abandono. La luz de afuera alcanzaba a entrar a través de la persiana, y yo a oscuras me lamía la herida, como hacemos todos. No buscaba curarla, sino constatar, orgulloso, que allí seguía.

Estoy pensando en el sonido que hacen los dientes al chocar con los dientes de otra boca. No es el del impacto ni el de la conmoción. Es el encuentro de nubes: un trueno. Es húmedo y liso, como esperanzado. Me recuerda el límite, la triste confirmación de que no estoy en el otro, y la posibilidad de cruzarlo, de hacer que los bordes desaparezcan. Me estimula más la imagen de los dientes que se chocan que la de dos manos entrelazadas. Diente a diente: sentir que los huesos se rozan. A veces creo que deberían salir chispas.

Mi padre llegó a la mañana siguiente y me preguntó qué había pasado. Hablé con dificultad. Le conté que la enfermera del colegio había dicho que no pasaba nada, que era un simple golpe y que la inflamación pasaría sola. Por eso me había acostado temprano, en espera de que el nuevo día reparara los dientes. No mencioné la torpeza de tener las medias puestas cuando la instrucción era entrenar descalzo. Tampoco le conté que ya sabía que no dormíamos en la misma casa. Avergonzado de no haberlo sabido antes, preferí no decir la vergüenza, aunque eso significara no poder decir más y permanecer en silencio hasta que llegamos al consultorio del odontólogo.

El traumatismo dental, ocasionado por fuertes golpes en la boca, puede ocasionar la fractura de una parte del diente, o su caída total. También puede afectar el hueso maxilar, en el que el diente está enraizado, y en algunos casos causar la muerte del nervio. Mis dientes frontales estaban completos. El impacto no los había fracturado ni se habían caído. Estaban fijos a su raíz, desplazados, como atraídos hacia el paladar. El odontólogo habló de las encías hinchadas y de la sangre acumulada, y yo me perdí imaginando la raíz ahogada, negrísima. Dijo que tenía que extraer ambos dientes. Como todavía me hacían falta un par de años para que los dientes se cayeran, durante un tiempo permanecí con el vacío. Había perdido los dientes de leche sin que los dientes siguientes estuvieran listos para ocupar el lugar. Fue una ausencia prolongada, por prematura. Tal vez fueron solo algunos meses, pero cuando se han vivido pocos años, algunos meses son la eternidad. Cualquiera podría decir que fui un adelantado a mi tiempo. Un desfasado.

Sobre mis dientes se dijo: Es solo un golpe, no hay que hacer nada; y se dijo también, después: Es un trauma, hay que extraer. Ese día quizá sentí que debía actuar el dolor en la proporción que me parecía justa, acorde al primer diagnóstico que había recibido. El despliegue del dolor que encontré justo fue el silencio. Hacer como que entendía el dolor, aunque el dolor que sentía no se correspondiera con el prescrito. Fingir. Peor que el engaño habría sido la vergüenza de admitir que me habían engañado. Durante los meses siguientes, la ausencia de los dientes aparecía en cada expresión: era lo primero que se veía de mí cuando hablaba, y en el más sutil gesto de risa o de llanto, incluso en la mínima mueca de desinterés, alcanzaba a verse. Entonces fue mejor callar.

Simón y yo no nos callábamos. Nos vimos por primera vez en esa fiesta de la que él se fue demasiado pronto, y un par de días después, una noche, alguno le escribió un mensaje al otro. Luego nos escribimos cada día y cada noche durante esa semana. Yo sentía que podía contarle todo y le decía que sentía que podía contarle todo y algo le contaba. Nos dijimos pronto historias de nuestro pasado que nos hicieron creer que lo nuestro tendría ya que ser profundo y verdadero, y profundo y verdadero para mí debía ser también, si no para siempre, para mucho. La posibilidad de ese mucho me encendía. Yo estaba dispuesto a dejar que él me cambiara la vida.

En la segunda noche de escribirnos él dijo que leía el horóscopo que yo escribía en la revista *Arcadia*, y yo, por alargar la conversación y por ofrecerle un secreto —hacerlo más que un lector— admití que en realidad no sabía nada de astrología. Yo escribía horóscopos desde la intuición. No intuía los planetas ni las constelaciones, sino el carácter de quien me leía. Contaba con su disposición a encontrarse en cualquier texto que leyera. También los escribía por un viejo amor. Le enviaba mensajes a través de su signo y un poco menos —pero nunca es menos ni más: en una señal todo es exacto— a través de los demás. Yo no descansaba en la búsqueda de los signos: buscaba el sentido incesantemente, y enterado de que los amantes no tenían ningún sistema de signos confiable a su disposición, como había leído en el libro de fragmentos amorosos de Roland Barthes, Escorpio como yo, supe que necesitaba un sistema de signos que pudiera compartir con aquel amor. Ese amor, hoy sin nombre y sin amor —casi me cuesta creer que alguna vez escribí por él; acaso sea ese el destino de los amores que suceden a través del texto, que después no se recuerde el amor sino el texto—, ya me había anunciado que él y yo teníamos poco en común. Yo sabía que él era un entregado lector de horóscopos, y ya que lo otro que yo sabía era escribir, decidí publicar un horóscopo. A él le parecía que estaba mal jugar. Vas a acumular mal karma, me decía, como anunciándome que no iba a quererme. Alcancé a pensar que escribiría un libro sobre él, pero la llama no me alcanzó. Hoy me cuesta recordar cuál era su signo ascendente, y nunca supe dónde estaba su luna. Su nombre podría escribirlo acá, pero entonces parecería que no me cuesta nombrar.

Simón es Géminis, su ascendente es Escorpio y su luna está en Escorpio también. Escorpio es mi signo solar, le conté, y él respondió que ya sabía. Yo, más que de signos, sabía de las reacciones de la gente: que mi signo ascendente también fuera Escorpio —soy doblemente escorpión— escandalizaba a la mayoría, pero no a Simón, que también llevaba al escorpión adentro. Suele interceder por mí la luna en Cáncer, pues, entre aquel misterio impenetrable atribuido a Escorpio, Cáncer me suaviza ante la mirada de los demás. He pensado en los frutos que son duros por fuera y blandos por dentro. He pensado en las almendras, lisas y suaves en la lengua después de ser mordidas, frutos secos que dan leche. He pensado en la humedad. Alguien me dijo una vez que yo era como una granadilla. Dijo que la fruta era cerrada y que debía lamerse su interior. Pensé: quebrarse y ser lamido: el dulce objetivo de una vida.

Los signos del zodiaco se corresponden con los elementos de la naturaleza. Los doce se distribuyen entre los elementos, fuego, agua, aire y tierra. Escorpio y Cáncer son signos de agua. Así su comportamiento: toman forma según el recipiente o la geografía que los contiene, se adaptan, se extienden, saben inundar y ceder. Pueden ser hondos y misteriosos; podrías ahogarte en ellos. No siempre te dejan ver el fondo, pero te hacen ver el cielo en el reflejo. Son sensibles: ¿has visto las ondas que deja el rastro del tacto más sutil sobre el agua? Se dice de Escorpio que es el signo, entre los de agua, de mayor profundidad: la marea alta, un sol de agua; mientras que

Cáncer significa sensibilidad y calma. Yo sería el mar con un riachuelo en su centro. O la desembocadura (en Barranquilla, la ciudad donde nací, se encuentran el río y el mar).

Cuando le dije a Simón que yo no sabía nada de astrología, ya sabía que él era Géminis, signo de aire. Él quiso llamar mi atención contándome que su luna y mi sol se encontraban en el mismo signo, sin saber que para mí daba igual. Como había ido aprendiendo —por las reacciones a mis signos, ya dije, pero también por temor a ser un fraude—, le dije que tal vez no debía escribirle más, pues el signo de los gemelos era la mutabilidad y la ambivalencia. Si un hombre desaparecía y se decía que era Géminis, no hacía falta agregar nada más. Un Escorpio tardaba en mostrarse, permanecía bajo un juego de luces y sombras, mientras que un Géminis mostraba tanto que no podías saber qué era cierto. De todos modos, seguí escribiéndole. Para empezar, me gustaba que fuera arquitecto, como mis padres. Él me habló de mis casas. Me contó de la carta astral, que se definía según el lugar, la fecha y la hora del nacimiento: era la estrella que te veía al nacer, solo que esa estrella eran muchas estrellas. La carta se definía por la posición de los astros en el instante del nacimiento (el sol estaba en Escorpio, la luna en Cáncer, Saturno en Piscis —más agua—), y cada uno de esos signos se ubicaba en una casa. Había doce casas, como había doce signos, y la ubicación de la casa también influía de maneras que en aquel entonces comprendí o fingí comprender (enternecido al ver al hombre que disfrutaba enseñar algo) y que hoy ya no sabría explicar. Recuerdo que dijo que tener el sol en la primera casa indicaba que mi signo de escorpión se manifestaba con facilidad. Me dijo que mi luna en Cáncer debía significar que yo privilegiaba estar en contacto con mis sentimientos: me habló de mi sensibilidad. En retorno, yo inventé para él la historia de mis casas, ya no las astrológicas: le hablé de las casas en las que antes había vivido, de la separación de mis padres, de las mudanzas, de la búsqueda de una casa. Él notó que algunos horóscopos que yo había publicado la semana anterior tenían que ver con eso, y enterado de que mi escritura no se basaba en la ubicación ni las fuerzas de los astros, me preguntó si al escribirlos había estado pensando en mí.

A un signo le había escrito: «Percibes desde la ventana el sonido de los animales que regresan, y mientras amas los regresos, no te decides a volver tú. Pero poder oír la melodía ¿no es haber regresado ya?».

A otro le aconsejé: «Dice alguien en la radio "Llueve otra vez y no estás", y es verdad que no está nadie —ya casi dejas de estar tú—; el sol brilla, pero no consuela, y piensas que no hay nada más triste que el sol, pero míralo estar solo y resplandeciente, y entonces resplandece tú también».

Le dije que a lo mejor sí los había escrito para mí, aunque al escribirlos no me había dado cuenta. Yo me daba aliento sin saberlo a través de los astros: me decía que era posible creer en los regresos; que la soledad del sol no era su condena.

Parte del éxito de mi horóscopo —al que consideraba exitoso en tanto tenía algunos lectores fieles que lo pedían y lo compartían con entusiasmo en sus redes sociales— debía de estar relacionado con que, sin importar lo que escribía, cada lector se buscaba en su signo y encontraba la manera de verse en él. Mis oráculos tenían que ser precisos porque trataban de evocar una imagen particular, pero esa imagen debía ser lo bastante amplia como para que el lector pudiera darle vueltas hasta encontrarse en ella. Si el texto lograba ser acogedor —si el texto era como una casa—, podría hablarle a todo el que se acercara. Esto era especialmente cierto sobre los horóscopos, pues el lector llegaba convencido de que había un mensaje, entre los doce, que había sido escrito en exclusiva para él.

El lector de horóscopos, como el enamorado, se acerca hambriento a los signos. Ambos creen que hay un mensaje cifrado que deben encontrar, y cada gesto y cada palabra —en el caso del enamorado más que en el del lector, pero unos y otros suelen ser los mismos— son, potencialmente, la confirmación del amor o del desengaño. No hay descanso ni pausa, pues todo es susceptible de análisis. En realidad, se trata de una actividad agotadora. Más que amar, el enamorado sabe dar vueltas, en espera de llegar finalmente al sentido último y definitivo, de asir una certeza, aunque no sea la que anhela (mejor saber que no me ama a este insoportable no saber nada). Nada en el mundo existe por fuera de esa empresa, y cada cosa bajo el cielo y el cielo mismo adquieren sentido porque pueden decir algo sobre quien se ama. Pero olvida el enamorado que no suele haber un sentido último y definitivo, y que al dar vueltas no se llega a ninguna parte donde no se haya estado antes. El horóscopo sí ofrecía un sentido: no era único ni definitivo, pero algo era: una intuición, casi una compañía. ¿Qué se le pide a un horóscopo? Que me deje creer que el amor vendrá.

En el principio, Dios ya había creado hacía tiempo el cielo y la tierra. También había dicho que hubiera luz, y hubo luz, pero la luz permanecía por fuera del cuarto hasta que yo me despertaba. Él había llamado «día» a esa luz, y a la oscuridad «noche», y sin embargo yo me despertaba al mediodía y seguía siendo de noche. No se trataba de jugar a ser Dios ni de querer habitar otro tiempo: era solo haber querido el descanso y despertar recién nacido, entre el olor a cigarrillo y alcohol de la noche anterior, dispuesto a ser afectado de nuevo por el placer y la angustia del mundo. El día después de la fiesta tenía ese raro efecto: el de abrir la cortina y volver al principio, cuando se hizo la luz. Ver por primera vez, con torpeza, guayabo y fascinación.

A pesar de ser un vampiro, Simón dejaba que la luz del sol entrara en su cuarto desde que el sol salía: él vivía en el transcurso del tiempo, en el día y la noche. Me preguntó si el sol entraba en mi cuarto desde temprano, y yo le conté que tenía unas cortinas con las que conservaba la oscuridad hasta que me despertaba. Le dije que aquella oscuridad artificial había sido alguna vez motivo de orgullo, pues me dejaba dormir hasta que el cuerpo quería. A veces incluso, ya despierto, me quedaba un par de horas acostado en la cama, mirando el techo oscuro y sintiendo el hambre crecer. Así, extendía la noche hasta el día siguiente. Eso, dijo Simón, era dormir en una falsa noche. Era vivir en destiempo, desfasado. Entonces abrí la cortina y no volví a cerrarla, y le conté que lo hice. De nuevo se hicieron la noche y el día. Empecé a despertarme más temprano: la luz del sol, excluida durante años, empezó a hacer parte de mí; inauguraba mi día, como inaugura el de todos los seres. Él y yo hablábamos hasta tarde, en la noche, y luego la luz me despertaba puntual. Dormía poco, vivía nervioso y feliz. Le escribía apenas me despertaba, pues ver el sol era pensar en él. Ambos empezábamos el día con un mensaje del otro, y él me mandó un par de veces una foto del rayo en su cuarto. Supimos que nuestros cuartos tenían ventana hacia el oriente. Dijimos que el otro era el sol, y entonces durante un tiempo hubo en el firmamento dos soles. Así como de algunas personas se dice que viven en la luna, durante esos días yo viví en el sol.

Después de la mañana no hablábamos mucho más —bastaba con ver la luz— y al anochecer volvíamos a escribirnos, pues ya a oscuras nos hacía falta saber del otro. Dijimos que teníamos que volver a vernos pronto. Esa semana escribí para Géminis: «Observa el rayo de sol de la mañana que te observa: consérvalo mientras atraviesa la ventana y te despierta. Mira que es una canción que te alcanza desde lejos, como hacen las palabras».

Pienso en el niño al que le sacan los dientes y al que me unen el impacto y la pérdida. El niño soy yo y es otro. Lo veo reír en una fotografía —está en la playa; su padre, joven, hermoso, lo abraza; la madre, enamorada de ambos, toma la foto— y no puedo saber qué cosas ha sentido a su edad, aunque sí sepa qué cosas le han pasado y aunque pueda a veces, con esfuerzo, recordarlas. El niño me antecede y me conforma. Lo presiento y también lo olvido. ¿Cómo se contaría de la manera más fiel mi historia, que es la suya? ¿En qué tiempo y en cuál persona, si el niño, adentro y lejano, está siempre presente? La fidelidad sería que él y yo conviviéramos, como en el cuerpo, en el texto.

En la casa siempre hay música y la madre canta todo el tiempo. A veces da la impresión de que hace otras cosas —la limpieza de la casa, lavar la ropa, cocinar— solo para poner música mientras las hace. También parece que los días en que suenan las canciones que más le gustan, y entonces canta más y se esfuerza por cantar mejor, hace mejor los oficios.

El niño sufre ataques de asma, y la madre ha decidido que no vaya más al jardín infantil, pues el aire acondicionado del salón lo enferma más. En la casa, con las ventanas abiertas hacia el calor barranquillero, solo a veces refrescados por la brisa, la madre le enseña a leer y a escribir.

Lo primero es leer: la mirada de él sigue la de ella sobre las letras escritas, y después viene la voz. Ella dice: Casa, y él responde: Casa. Ella dice: Árbol, y él, de nuevo: Árbol. No hay ningún árbol en la casa en la que viven, pero aprende el niño, al leerlo, que puede decir «En la casa hay un árbol», aunque no sea cierto que haya un árbol en la casa de él. Le gusta eso de leer: la posibilidad de que haya otras casas y otra gente. La madre le ha dicho que también puede leer mentalmente, en silencio, y es más difícil seguirla esta vez: ella recorre las palabras con la mirada, como ha hecho antes, pero no dice nada. Él la sigue y luego cierra los ojos y aprieta la boca, conteniendo la voz. Lo hiciste muy bien, le dice la madre, y el niño abre los ojos, esos ojos enormes que más le brillan cuando sonríe o se impresiona, y sonríe, impresionado, sin estar seguro de si la voz que ha debido decirle las palabras en la cabeza es la de ella o la de él.

También escriben juntos. Las figuras que ha visto en las páginas puede ahora hacerlas él. La *a* es una *o* con cola. Con las dos escribe *árbol* (la tilde es un sombrero, ¿o es un nuevo peinado?) y también su segundo nombre: *Carlos*. Aprovecha para escribir otras cosas que hay además del árbol en la casa imaginada: flores, jirafas, un baño, tres ríos, globos, impalas. Ha aprendido los nombres de los animales en un libro que le regaló su tía, y a la madre la llena de orgullo que a su corta edad sepa nombrar al impala. Dice que su hijo será un hombre de letras, o un veterinario.

El niño aprende las canciones de la madre, como ya ha aprendido con ella a leer y a escribir, y antes de esas dos a hablar, y ahora le parece que cantar es mejor invento que todas. Disfruta alargar algunas sílabas, según lo requiera el ritmo de la canción, como no haría nunca mientras habla y mucho menos mientras lee en voz alta. Tiene la impresión de que las palabras que se acompañan con música llegan respaldadas y es más contundente su mensaje. Si leyera sobre una pena de amor, no le importaría tanto —qué le va a importar, si él no sabe de eso— como cuando la escucha de la propia voz del afectado. Además, ya conoce la mayoría de las canciones que suenan en la casa, las que más le gustan a la madre, que también son las que más suenan en la emisora de baladas. Entonces puede seguir la letra sin tener que leer —como haría con los libros— y le gusta lucir así de sabio y espontáneo: puede estar haciendo cualquier otra cosa y si la canción suena —y siempre, por fortuna, suenan las mismas canciones en la emisora de Barranquilla—, las letras vendrán a él como si fueran la oración de antes de dormir (que también ha memorizado ya, aunque para la madre, ya lo ha notado el niño, no es tan importante rezar como cantar). Pero lo que más le gusta de cantar tiene que ver, en realidad, con el canto de la madre. Le gusta que incluso desde otra habitación alcanza a oírla, así que cuando hay música no hace falta verla para confirmar su presencia.

Solo cuando el padre está en la casa se quita la música; no porque a él no le guste, sino porque, si están juntos, ella prefiere conversar. El niño prefiere las letras conocidas de las canciones, que le hablan de profundidades y sentimientos mayores a los que dejan ver sus padres cuando hablan. Ellos, casi siempre, se cuentan qué hizo cada uno durante el día y se hacen preguntas rutinarias sobre lo que harán al día siguiente. Después ella le cuenta sobre el niño. Dice: Habla hasta por los codos, cada día lee más rápido, vieras cómo escribe. Aunque hablen de él, en la conversación de los adultos el niño se siente solo. Piensa que si pusieran canciones, las voces de los tres se unirían en un solo canto, en lugar de ese turnarse para decir, que demuestra la distancia que los separa, lo aislado que está cada uno, por su lado, pensando y diciendo cosas diferentes. Pero entiende el niño que si pusieran canciones no se unirían los tres en un solo canto sino los dos, él y su madre, que se han aprendido las canciones mientras el padre no estaba. Así le demostrarían que han pasado un tiempo juntos sin él. La demostración no llega —ya se ha dicho: cuando el padre está se quita la música—, pero por fortuna, piensa el niño, el padre ya no está casi nunca.

Algunos días el padre sale a trabajar temprano y dice que volverá a la casa a almorzar, así que la madre se esfuerza en la cocina. Quiere sorprenderlo con su plato favorito. El niño, emocionado, ve a la madre cantar, y los aromas de la cocina llenan el apartamento entero. Lamenta, sin embargo, que en cuanto esté el almuerzo, el padre volverá, y entonces bajarán el volumen de la música para hablar una vez más sobre lo que han hecho sin el otro, comentar las ocurrencias del niño. Si el padre no volviera, la música seguiría. La madre no deja de cantar mientras prepara el almuerzo y, cuando ya falta poco para que esté, llama al padre. Quiere que le diga cuánto se demora, para saber el tiempo exacto de servir la comida, que no vaya a estar sobrecocida ni fría, pero él no contesta. Ya es el mediodía y la madre espera. Vuelve a llamar, de nuevo sin respuesta. Pasa media hora, una hora, siente hambre, y el hombre al que espera aún no llega. Sirve entonces tres platos en la mesa, ya con la desilusión viva, y los sirve lentamente, pues aspira a que mientras lo hace suenen las llaves de la casa y se abra la puerta. Ella entonces fingiría espontaneidad: ¡Justo estoy sirviendo! Pero la puerta no se abre, y ya ha servido cada plato, así que llama al niño para almorzar. En la mesa se miran los dos y miran el plato servido que nadie se comerá. La madre quiere dejarlo allí, para que el padre vea, al llegar, de lo que se ha perdido. Se mete un bocado en la boca y mastica. Mira el plato servido para nadie y recuerda las otras veces que él ha dicho que vendrá y no viene. Se le hace una bola en el estómago, un hueco lleno. No, no en el estómago, sino en la garganta. Gritaría, para deshacerla, pero no quiere asustar al niño. Tampoco quiere en su cuerpo los alimentos que cocinó para el hombre. De todos modos, no le cabrían: la tristeza y la rabia la llenan. Toma una servilleta blanca, de papel, y bota el trozo masticado. Lo aprieta y lo pone encima de su plato. Sabe que podría escupirlo desnudo, descubierto de papel, y que daría exactamente igual. Sería incluso mejor, pues obtendría una imagen más exacta de cómo se siente, pero no lo hace porque prefiere que el niño no vea la comida devuelta. Decide entonces botar la comida, la de ella y la del hombre, en la basura. Ya no le importa que él vea o no el plato al llegar. No sabe cuánto tardará, y a lo mejor ver el plato servido durante el resto del día le duela más a ella. Es una escena frecuente, así que la madre cada día está más flaca. Solo el niño come, complacido de la sazón de la madre, con los cachetes llenos y con culpa por haber deseado que el padre no volviera, pues sabe que eso ha provocado las lágrimas de ella. Querría besarla, pero en cambio se lleva otra cucharada a la boca; ya casi acaba su plato. Nadie conversa en la mesa, y las canciones siguen sonando, como él quiso, pero no lo consuelan.

Así como la luz llegaba puntual a despertarme, también cada día se iba. Estoy pensando en la hora gris en la que todavía no es de noche y los humanos, de nuevo abandonados por el sol, dejamos de ver con precisión. Esa oscuridad que en los países del trópico sucede en el mismo rango horario, con variaciones de algunos minutos según la época del año, y en la que los ojos, saboteados, solo perciben contornos. Puede ser por eso que me angustia: porque los objetos pierden los detalles, su brillo, y se vuelven extraños y borrosos, superficies sin textura. Incluso sin colores. Desaparecen del mundo el matiz y la sombra: solo hay formas. Entonces me agobia la certeza de que estoy perdiéndome de algo; otros días, más dramático, diría que perdiéndome de todo. Hubo un tiempo en que creí que esa pérdida estaría relacionada con la miopía y el astigmatismo, con no llevar las gafas que según el oftalmólogo debían ser permanentes, pero entonces empecé a usarlas siempre y no mejoró. Traté de conversarlo con amigos —el efecto de esa hora en cada uno—, pero dejé de intentarlo pronto, pues supe que no era posible entender, no de verdad, cómo veía alguien más: no es posible describir cómo se percibe la luz. Minutos después de la hora gris se instala la noche. Los bombillos de la calle y de las casas, la luna (y el sol, que regresa en ella) y las estrellas permiten que uno vuelva a ver. Los transeúntes siguen su camino, impávidos o distraídos, como si no acabaran de pasar en un instante el abandono y la visión.

A esa hora caminaba con mi madre, agarrado de su mano, hacia el apartamento en el que vivíamos. Ella y mi padre seguían juntos. Veníamos de hacer diligencias, como las llamaba ella, y en agradecimiento por mi compañía —pues yo era un niño al que no le gustaba salir a hacer diligencias, pero igual había ido— ella me había comprado un helado. En la calle por la que íbamos había una construcción de casas en la que a esa hora ya no trabajaba ningún obrero. La construcción estaba en obra negra, y esa tierra gris parecía impenetrable. Alcancé a ver una montaña de arena de mi tamaño que había quedado, después de la jornada, sobre la acera. Yo terminaba de embutirme el helado, solté la mano de mi madre y corrí hacia la arena con el firme propósito de subirla y bajarla, de elevarme. Tener un propósito era existir para eso: no hubo espacio para la duda; solo existían la montaña y la distancia que me separaba de ella. Al pisarla descubrí que no era arena sino una mezcla de cemento fresco. Ya era demasiado tarde para frenar, así que seguí adelante a través de la mezcla, y del descubrimiento salí cubierto. Las luces de la calle se encendieron. El mundo era de nuevo visible, y yo exhibía un nuevo contorno. Empecé a llorar por el desengaño, por haber corrido convencido de que podía anticipar la trayectoria —por haber creído que podía elevarme— y no haberlo hecho: lloraba por no haber visto y por ser visto así, sucio y torpe; lloraba, en fin, de la vergüenza. Las huellas de cemento fresco quedaban en el camino, y mi madre, por distraerme, dijo que eran el rastro de un monstruo. Entonces reímos: ser un monstruo era mejor que ser un niño. Era un poder y un misterio, un placer.

Al llegar al apartamento, mi madre me metió en la ducha con la ropa engrosada por el cemento, y mientras la mezcla se iba por el sifón, oímos la puerta. Con ayuda me quité el pantalón y la camiseta; ya el rastro terminaba de irse de mi piel. Mi padre llegó hasta el baño y nos contó, con fingida preocupación, la historia de un hombre que volvía a su casa después de trabajar y encontraba los pasos de un monstruo en el camino. Él seguía la ruta habitual, y seguirla era también seguir las huellas frescas del monstruo. Entraba al edificio en el que vivía, y continuaban los pasos, hasta que finalmente las huellas y él llegaban a la puerta de su casa: al entrar, encontraba a su hijo.

Estoy pensando en subir y bajar: en elevarme. Pienso en tu cuerpo sobre el mío y sobre el suelo, y en las suavidades y las asperezas de la piel. En el sudor y la saliva, esos brillos, y en el olor que fundamos y ofrecemos al mundo. Solo hay texturas. Quiero subir y bajar sin ascender: moverme en círculos y horizontalmente, en busca de la visión, de que seamos el contorno imprevisto. Pienso en tus manos, que me aprietan el cuello: en no poder respirar, que es siempre mejor que no poder ver. En que falte el aire y entonces no hablar, pues tampoco hay nada que deba decirse. En mirarte a los ojos mientras miras los míos, elevarme y atravesarnos, y creer que entendemos cómo ve el otro: saber que por ese instante percibo la luz como tú. Cuando terminamos ya no somos dos; somos la mezcla. Ser la mezcla también es mejor que ser un niño.

No sé si era una mezcla para hacer pisos o para levantar paredes. Mi madre empezó a contarle la historia a mi padre, y eso le dijo. Sin que él preguntara, le contó con detalles, como se le cuentan las cosas a alguien querido: a qué habíamos salido y a dónde, por qué a esa hora y no antes, y hasta mencionó el sabor del helado que había comprado para mí. Ahora también incluyo los detalles yo.

Dijo: Salimos a la Olímpica porque hasta hoy podía pagarse el recibo de la luz.

Dijo: Yo estuve toda la mañana ocupada revisando ese documento, así que salimos en la tarde.

Dijo: Después fuimos por un helado de limón, que le encantan.

También dijo: Estábamos a dos cuadras, donde están haciendo las casas.

Y él sabía dónde era, claro, pues había visto en el mismo camino las huellas, pero igual ella quería contárselo. Luego llegaba, por fin, al instante en que me había visto atravesar la montaña de mezcla fresca. Dijo que ella tampoco alcanzó a ver que no era arena. Ambos rieron, y supe que mi confusión permitía la tregua. Hacía dos días habían discutido porque yo había vuelto de la calle con mi padre y conté mientras los tres cenábamos que habíamos pasado la tarde con los caballos. Ella tenía sospechas de que él la engañaba con una mujer varios años menor, aunque entonces no habría dicho «mujer» sino «niña» o «bandida», y también sospechaba que la niña, o la familia de la niña, tenía una finca en la que había, como en tantas otras fincas, caballos. Entonces se confundía, pues a su parecer la gente que tenía finca tenía plata, y a esa niña, en sus cuentas, lo que en parte le gustaba de mi padre era la plata. Se corregía: no era una finca de ella ni de su familia; era que se encargaba del aseo de la finca de alguien más. Luego el confundido era yo, pues que yo supiera mi padre tampoco tenía plata.

Yo había oído a mi madre contarle a mi tía la historia de la niña aprovechada que salía con un hombre con familia y aun así insistía. No supe en qué insistía, pero mi tía supo reaccionar —«¡El colmo!»—, y yo pude imaginar a la niña, su provecho, el colmo y la finca, y me pareció que razón tenía mi madre en llamarla, otras veces, bandida. Ese día, en la discusión, mi madre le dijo a mi padre que ya sabía todo. Saber todo era saber que él se veía con esa niña en la finca y que me llevaba cuando iba a verla para demostrarle que no vivía conmigo, que estaba separado y solo a veces tenía al niño. Ella también sabía que ver a un hombre con un niño siempre les gustaba a esa clase de niñas, pues así podían alimentar la fantasía de que el niño que cargaban era el de ellas. Llegaba un día en que, de tanto alimentarla, les crecía la barriga hasta que finalmente parían.

Al día siguiente mi padre me dijo que era mejor no contarle a mi madre lo que hacíamos en la calle. Que la calle era nuestra, de él y yo, dijo. De todos modos, no volvió a llevarme a ninguna parte. Puede ser que el día en que atravesé la mezcla para construir casas haya sido la última vez que reímos los tres juntos en ese apartamento. Después empezamos a ver menos a mi padre, y yo dejé de esperarlo despierto. Mi madre, en cambio, no dormía. Yo la veía agotada y pensaba que el hombre que vivía con nosotros no podía ser bueno. Luego me inquietaba que ese hombre, que era dulce conmigo, que era bello, pudiera no ser bueno. Tal vez llegué a pensar que ningún hombre era bueno, y entonces me consolé en la idea de que yo no era un hombre, que casi ni era ya un niño y que más me convenía ser un monstruo. Ellos decidieron no renovar el contrato de arrendamiento, que ya estaba próximo a vencerse, y en los últimos días de ese apartamento mi padre empezó a mirarme con recelo. Yo no podía ser su hijo, pues su hijo no habría contado de aquella tarde con los caballos, traicionando así un pacto entre hombres que para mí era desconocido. Fui un misterio para él, pues tendía hacia mi madre y compartía con ella las teorías sobre los engaños de él. Quizás sintió que por mi culpa perdía el poder en la casa donde le correspondía a él ser el poderoso y el misterioso, el del placer. Unos días antes de irnos, mientras cada uno empacaba sus cosas en cajas, lo oí decirle a ella, como nunca habría dicho el hombre dulce al que yo estaba acostumbrado: Sigue así y lo vas a volver marica.

Otra vez el hombre no ha venido a almorzar y entonces ella decide que ya ha sido suficiente. Suficiente ilusión y espera, suficiente comida desperdiciada, suficientes servilletas, demasiada hambre. Se encierra en el baño, para que no la vea el niño, y llama al hombre. Él no contesta y ella sigue llamando: tres, cinco, quince, treinta veces. Quiere que la pantalla del celular le diga un número escandaloso de llamadas perdidas. Quiere que él se sorprenda. O quiere hacerlo sentir culpable, o iracundo o fastidiado. Da igual. Cualquier cosa sería mejor que su silencio: quiere que él sienta algo. Que reaccione, que avance la trama. Entonces él contesta. Ha recibido al menos cuarenta llamadas. «¿Te volviste loca?». Y ella en efecto cree que se ha vuelto loca: sabe incluso que si no fuera por el niño tendría el comedor lleno de comida masticada y ya habría roto los platos también, pero le parece injusto que sea el hombre quien señale su locura, pues no ha estado en la casa para saber si ella se ha enloquecido o no. Él, en este momento, no podría decir nada sobre ella. Nada. Solo el número de llamadas perdidas que acaba de dejar en su celular, y ella, le dice, no es un número, y no permitirá que él la reduzca a un número. Entonces grita. No quiere volver a saber de él ni volver a verlo. Le dice: Eres un hijueputa, una porquería, lo peor que me ha pasado, una desgracia. Él alcanza a preguntarse para qué lo llama si no va a dejarlo hablar, y ella le ordena, o le suplica, que no vuelva; le jura que no lo dejará entrar. Después cuelga, sale del baño, mete la ropa de él en bolsas negras y las deja en la puerta del apartamento, donde deja también, después, la bolsa negra en la que antes ha botado el almuerzo de ese día. Ya de noche, él llega, pero ella ha puesto el seguro desde adentro para que él no pueda abrir. Él toca la puerta y se sienta al lado de las bolsas negras, y le pide, por favor, te lo ruego, que le abra. Ella oye el ruego del otro lado de la puerta, llora y trata de callar su llanto. El niño se asoma desde el cuarto y ve a la madre, que no lo ve a él. Se devuelve entonces y se mete en la cama, como ella lo había dejado. Sabe que hay otra mujer y sabe que por eso sufre la madre. El padre dice algunas veces que a la otra ya no ha vuelto a verla, y otras veces dice que solo era una amiga y que todo es un invento de ella. Pero el niño le cree a la madre, y entonces imagina al padre con la otra. Los imagina en la finca donde una vez vio a esa mujer, y en su imaginación están desnudos y rodeados de caballos. Al padre lo ha visto desnudo una vez. Recuerda el contraste del color rosado de la carne y el moreno de la piel. Recuerda impresionarse porque no sabía que también allí salían pelos. En su imaginación, el padre y la mujer se besan, como ha visto a las parejas hacer en las telenovelas, y hacen pausas para mirarse a los ojos fijamente. En la mirada sostenida, hacen que coincidan los pezones del uno con los de la otra, que es como le parece al niño que los cuerpos podrían mirarse fijamente, como se compenetrarían en el amor. Después el padre le da besos a la mujer de arriba abajo, le pone encima hierba, flores, tierra. Ella se ríe y, en la cabeza del niño, ella es cualquiera: solo reconoce la cara de él. Él sigue dándole besos en cada centímetro del cuerpo, como el niño nunca ha visto que lo haga con la madre, pero como a veces ha querido él mismo que lo besen: también su madre le ha dado besos en los ojos, en la barriga o en los pies, sobre todo cuando era más pequeño y quería consolarlo por algo —por ejemplo antes de dormir, ya limpio, la noche en que llegó a casa hecho un monstruo, cubierto de cemento—, y él nunca pediría que le dé más besos, en otras partes del cuerpo, porque ha creído que esa sería la diferencia entre tener una madre y tener un amor. El padre sigue recorriendo a la mujer con besos, y ella sigue riéndose —los besos le hacen cosquillas—, y su risa se hace un estruendo, cada vez más insoportable para el niño. Entonces el padre, como si presintiera al niño fastidiado por la risa, se llena de culpa. Recuerda al hijo que lo espera en la casa, deja de besarla, y ella, cubierta de saliva y suelo, entiende que él ya va a irse. La madre afuera deja de llorar; empieza a quedarse dormida. El niño se lamenta por todos y vuelve a llegarle el sueño. Un caballo masca hierba, y nadie es feliz.

Amanece y la madre despierta temprano, desorientada. Abre la puerta y confirma que el padre no está, ni tampoco se ha llevado las bolsas. La tristeza de la noche anterior todavía le pesa, se siente cansada, pero se alegra al ver las bolsas afuera, pues entiende que él tendrá que volver. Sigue hasta el cuarto del niño, lo encuentra dormido, y se mete en la cama para dormir un rato más a su lado. Lo mira y entiende que, sin importar lo que pase con el hombre, ese niño ya es un vínculo permanente entre ellos dos; una prueba imborrable, con brazos y piernas y deseos y miedos, de que una vez ella amó. Es una marca que no le hace falta llevar en el cuerpo —la marca misma es un cuerpo—, y esa certeza del pasado, esa confianza en la prueba, la ayuda a conciliar el sueño. Más tarde el niño se despierta y, al ver que su madre duerme, decide hacerse el dormido para alargar la escena juntos. Ninguno sabe cuánto tiempo pasa, pero la madre se despierta y le da un beso en la frente a su niño, que duerme acurrucado junto a ella. El niño entonces abre los ojos, finge la incertidumbre de quien acaba de volver del sueño, y sonríe, complacido en que estén despertándose al mismo tiempo, aunque él lleve adelante un tiempo sin dormir, con los ojos cerrados, esperándola a ella. La madre le dice que entre a bañarse y ella se va a preparar el desayuno. En el baño, el niño se mira al espejo. Desde hace unos días le impresiona que ese sea él, ese cuerpo, y que ya no pueda, en lo que queda de vida, cambiar de rostro. Esta es la cara que me ha tocado: este es Pedro, se dice mientras la palpa. Se pregunta si esa cara alcanza a revelarles a todos lo que él sabe que esconde. Si en una calle cualquiera cualquier peatón al verlo sabrá de sus miedos. Ha oído decir a la gente que tiene los ojos de su madre. Sacó los ojos de la mamá, dicen, y se pregunta si es porque también él trata de ocultar la tristeza que no logra ocultar ella. A través de esos ojos grandes, transparentes, oscuros, él puede verlo todo. Busca la cartera en la que la madre guarda su maquillaje. Se quita la ropa y, desnudo, se pone rímel en las pestañas —le parece que hace lucir más los ojos; no los disfraza: les da un mejor escenario a su verdad— y se pinta la boca con labial. Luego coge la toalla para taparse. No es que le moleste verse desnudo, aunque algunos huesos se le marcan de lo flaco que está.

Le han dicho que también eso es por su madre. Heredó su buen metabolismo, dicen. «Come y más come y nunca engorda», y eso es cierto sobre él y podría ser cierto sobre su madre, pero él sabe que de todos modos ella no come hace semanas. Con la toalla se cubre el torso y hace un nudo en el pecho, como ha visto que hace ella. Quiere verla en él. Que se encuentren. Camina empinado en el espacio reducido entre la ducha y el lavamanos, donde está el espejo. Sonríe, disimulando una tristeza cuya solemnidad finge. Ha sentido tristeza en su vida, pero sabe que para el espejo debe impostar una que viene de antes y que es mayor. Sabe que puede alcanzar a sentirse triste tristísimo y sabe también que, si quisiera, podría reírse de la escena. Es el melodrama que ha aprendido en la televisión y en la radio, y que trata de imprimirles a las telenovelas que a veces, cuando está solo, inventa e interpreta. En una, el peinado y el color del pelo de una mujer cambian según su estado de ánimo, y su tía, que es bruja, le ha anunciado que cuando conozca al hombre de su vida, su pelo tomará la forma verdadera. Mientras tanto, ella se acuesta a dormir cada noche llorando, y el pelo se le encoge, se le seca y se le vuelve negrísimo, como su tristeza. En otra de las telenovelas, la empresa familiar está en riesgo porque el hijo, el nuevo gerente, se ha enamorado de la secretaria fea, a quien invitó a salir una vez por haber perdido una apuesta. «No tengo cómo explicarlo, pero le juro que es la mujer de mi vida», le dice a su socio después de la junta directiva, y no le dice nada más, porque es cierto que no tiene cómo explicarlo y porque en todo caso los hombres hablan más de trabajo que de amor. En una más, un hombre se esfuerza por recibir el perdón de la mujer a la que ama y a la que ha engañado; ella también lo ama, pero esta vez no sabe si aceptarlo, pues no quiere seguir sufriendo. En realidad, aunque son historias distintas y cada una tiene sus personajes secundarios, puede suceder que los personajes principales de las telenovelas se encuentren y juntos hagan parte de una gran telenovela. Al final, podría ser que el hombre que busca el perdón conozca a la mujer de los peinados, se enamoren, y el pelo de ella, por fin, encuentre su peinado verdadero; el empresario tal vez se case —contra todo pronóstico y desafiando a su familia— con la fea, y como resulta cierto que no puede hacerse cargo de la empresa, porque ese amor inesperado le consume el pensamiento y la energía, contrata a la otra mujer, a la que ya no quiere sufrir más, para que ella se haga cargo. Así ella, que antes no había trabajado —y haría falta saber entonces cómo llega a ser contratada, pero todo puede lograrse con las suficientes escenas—, se concentra en el nuevo puesto y olvida al hombre que le hizo mal (que por su lado estará feliz con la mujer de los peinados, pues no hay ningún pelo como ese en el mundo y él, entonces lo sabrá, sobre todo ama los pelos). Este es un final posible, sí, pero al niño no le preocupa aún saber cómo va a acabar porque cada día hace una nueva improvisación, según las poses que quiere adoptar y los diálogos que le provoca decir en el momento. Es seguro, en cambio, que a diario una de las mujeres se lamenta (por no encontrar el peinado verdadero, por mantener en secreto que también ella ama al jefe, por saber que es mejor no estar con el hombre que la engañó, y por cuántas cosas más: los motivos para lamentarse, por suerte, son inagotables).

En la función privada del niño en el baño, es suficiente con verse triste; no hacen falta las lágrimas. Podría decirse incluso que se trata de una tristeza tan robusta que las lágrimas no le caben. Cualquiera puede llorar: lo ha visto en la televisión y también en las calles. Él quiere algo más: quiere agrandar la tristeza con la frustración de no tener lágrimas. Entonces podría decirse: Ni siquiera sé cómo llorar, de tan grande que es mi sufrimiento. En el fondo, no hace el esfuerzo, pues sabe que nadie oiría su llanto. Vuelve a la ducha, se quita la toalla y bajo el chorro de agua canta las canciones de amor que alcanza a oír desde la cocina y que ha ido entendiendo que no puede cantar afuera del baño, pues son canciones de mujer, cantadas por mujeres. Se deleita al interpretar el sufrimiento de ellas y le alegra pronunciar los adjetivos con la *a* al final, que marca el género femenino. El baño acaba, y antes de abrir la puerta verifica que no haya rastro de labial ni rímel: frente al espejo vuelve a lavarse la cara con agua y jabón, y luego con un algodón se restriega. Lo hace con gusto, sin entusiasmo ni lamento, pues ha visto a su madre quitarse el maquillaje así en las noches, cansada y con resignación. Hace parte de la rutina. Finge el cansancio, el desinterés, y cree que lo hace bien. Luego sale y comprende que nadie en el mundo sabe de su ritual. Busca a la madre, que ya termina de preparar el desayuno, y ella sonríe al verlo. Disfruta la alegría de haber cumplido, aunque haya dolido, la promesa de no dejar entrar al hombre a la casa. Sabe que es una alegría pasajera, pero prefiere no pensar en lo que vendrá después. Se siente renovada, rota, y será capaz de disfrutar el resto del día antes de que anochezca y sea la hora de cavarse en el dolor un lecho. Por ahora, prepara la cantidad de comida exacta para dos. Sigue esperando que él llegue, pero esta vez para demostrarle que no hay comida para él. Se dice que esta vez sí comerá. El niño la ve cantar y servir ambos platos. Él adora la canción que suena, adora la voz de su madre y adora el olor del desayuno que ha preparado. Entonces se acerca y le da un beso. Es un niño feliz.

A veces me sorprende que no todos sientan como siento. Cuando digo todos pienso en ti. Es tan avasallante el sentimiento en mí —tan intenso y tan físico— que no entiendo que no alcance a colarse en la otra persona. Digo otra persona y, de nuevo, pienso en ti. Solo soy yo atravesado: a punto del quiebre. Me ha parecido que si me quebrara sería más fácil, pues entonces dejaría de sentir en la unidad, el sentimiento se regaría y ya no podría albergarlo. Pero el sentimiento sobre el que escribo se concentra en el pecho, entre las costillas, como protegido del quiebre, como entre paréntesis. A lo mejor si uno se quebrara, el centro permanecería intacto. Escucho al poeta cantar que hay una grieta en cada cosa y que por allí, a través de la grieta, es que entra la luz. No me consuela: ¿la luz siempre duele? A lo mejor uno es su centro, y por eso ve que hay gente que vive sin una pierna, sin un brazo, incluso sin un riñón, pero en cambio no se entera de que haya gente sin corazón. (Lo ha oído en la radio, en algunas canciones, sí, pero uno entiende que es una fórmula poética y que cantan de alguien que no tiene corazón para decir que no tuvo corazón para quererme a mí: así uno descubre con asombro que existen también ese tipo de corazones). Hay varios otros órganos sin los que no se podría vivir: el hígado, los pulmones, la piel. A lo mejor el centro está repartido en todo el cuerpo, no entre paréntesis, como decía antes, y uno todo es su centro. Pero entonces ¿por qué cuando me ha dolido me duele en el pecho, entre paréntesis? Puede ser que estos esfuerzos por organizar el cuerpo sean estériles: el problema del cuerpo es que sea uno, encerrado en la piel y atravesado en su centro, es decir en todo él, por un sentimiento.

Después de la separación, sufrí una infección en el riñón. Visité con mi madre a varios médicos que me examinaron sin dar con la causa del malestar. De su búsqueda, me queda el primer recuerdo nítido que tengo del pene: estoy acostado bocarriba y alcanzo a ver una sonda introducida en la uretra. Es un tubo transparente que me deja ver la orina. No tengo el recuerdo de cómo entra la sonda, solo esa imagen posterior al maltrato. También sé que aquel examen no arrojó ninguna luz sobre la infección. Es el recuerdo de un maltrato inútil, del dolor desperdiciado. Llegamos, después de médicos recomendados, de sondas y de tratamientos antibióticos, a donde un médico homeópata reconocido en la ciudad. Le bastó observarnos y hacer un par de preguntas de rutina para decirnos que mi madre estaba muy triste y que yo estaba absorbiendo esa tristeza. Dijo que el riñón era el órgano que más se veía afectado en esos casos, y habló de la relación entre las lágrimas y la orina, gotas saladas, y que ella tenía que dejar de estar tan triste y tan cerca para que yo pudiera recuperarme. Yo también estaba triste, pero era una tristeza que se expandía en la tristeza regada alrededor: cada uno tenía una tristeza, pero juntos no sumábamos dos tristezas, sino que conformábamos una más grande, una inmensidad suficiente para la insuficiencia renal.

El médico tenía razón en que mi madre estaba desolada. Ella y yo vivíamos en la casa de mis abuelos, la primera casa a la que fuimos después de que ella y mi padre se separaran. Allá participábamos en largas jornadas de llanto. Ella lloraba por el hombre perdido, y yo por ese hombre y por la madre dolorida y presente. Llorábamos el abandono, y la ausencia fue nuestro vínculo; sobre ella construiríamos nuestra casa. Después de que el médico le advirtiera de los efectos de su tristeza en mí, olvidamos aquella coreografía e inaugramos la modalidad de llanto individual. Mi madre no volvió a llorar delante de mí, y yo tal vez entendí que lo mejor para la salud era ocultar el llanto, fingir bienestar. Las horas que antes había dedicado al llanto compartido empecé a usarlas para cantar, encerrado en una habitación con una radio que para ese momento ya era vieja y en la que sobre todo sonaban, por supuesto, canciones de amor. Yo cantaba con entrega y curioso de esos sentimientos que aquejaban a quien cantaba y que a mí no me decían nada sobre mí. Quiero decir que yo entendía las palabras, y casi era capaz de sufrir con ellos, como sufría auténticamente con mi madre, pero entendía mi puesta en escena, mi drama: yo no tenía a quién cantarle canciones. No se me ocurrió que las canciones pudieran ser sobre mi madre ni sobre su dolor, pues las palabras que usaban nunca se las había oído a ella cuando hablaba. Quienes cantaban debían de hacer parte de otra dimensión en donde las ilusiones y los desenlaces amorosos eran más sofisticados, pues los acompañaba una banda de músicos que jamás vi aparecer en el patio de mis abuelos. Entonces pensé que yo podría aspirar a llegar a ese lugar, el otro lado de la radio, y comencé a ensayar cada tarde. Era capaz de repetir las palabras con el ritmo preciso y la entonación adecuada, y admiraba algunas frases —que en ese momento no habría sabido llamar versos— y algunas variaciones en la música, la melodía. Me imaginaba que un día yo también escribiría una canción.

La casa de mis abuelos estaba en Baranoa, un pueblo a una hora de la ciudad. Mi madre tenía que viajar con cierta frecuencia a la ciudad, por asuntos de trabajo, y casi siempre yo la acompañaba, pues prefería su compañía que la de mis abuelos en aquella casa nueva. Para volver, teníamos que ir al centro de Barranquilla y allí tomar un bus que salía por la vía de la Cordialidad y nos dejaba en la puerta de la casa. Era un bus caliente e incómodo al que se subían vendedores para ofrecer cualquier cosa: lapiceros, peluches, chicles, rosquitas. Yo jugaba a imaginar qué cosas tenían en común los objetos que ofrecían, pues me extrañaba que no existiera ningún criterio entre los vendedores, pero no llegaba a ninguna conclusión satisfactoria. Un día me pareció que todas eran cosas que uno podía llevarse a la boca. Mi madre me compraba una bolsa de pandeyucas con la que yo me entretenía durante el camino, y luego me quedaba dormido. Me despertaba al llegar al pueblo, cuando el bus disminuía la velocidad, pues ya no estaba en la carretera y los pasajeros empezaban a bajarse. En el movimiento interrumpido me costaba seguir durmiendo.

Durante el trayecto sonaban vallenatos, música que nosotros no solíamos escuchar en la casa, y en el bus yo alcanzaba a oírlos desde el sueño. Eran canciones que no hacían parte del repertorio de la emisora romántica que entonces me encantaba, y mi madre, aunque las conocía, tampoco las ponía casi. Debía de ser la elección de los conductores, que rara vez se permitían cantar mientras hacían su trabajo. Yo no entendía para qué ponían música si luego no podían cantarla. Una tarde sin vallenatos sonó una canción que sí conocíamos. Más que conocerla, era una canción que ella repetía una y otra vez en la grabadora de la casa de mis abuelos. Yo en principio la oía con curiosidad. Pronto memoricé su letra y supe reconocer el sonido de la guitarra con el que empezaba. Podía estar en cualquier parte de la casa, que si oía aquel comienzo, corría hacia la grabadora en busca de mi madre y de la canción. Ella me veía llegar y subía el volumen de la grabadora hasta el máximo. Entonces, cantábamos y bailábamos juntos, y hacíamos con mímicas lo que la cantante mencionaba: se refería a una mujer que no tenía más que un par de dedos de frente, y entonces nosotros nos llevábamos el índice y el corazón a la frente; luego esa mujer tampoco sabía lavarse los dientes, y nosotros, que sí sabíamos, nos lavábamos los dientes en el aire con un cepillo imaginario.

Era una escena que enternecía a mis abuelos. Mi madre y yo presentábamos nuestro espectáculo, y ellos sonreían y esperaban a que acabara la canción para volver a lo que estuvieran haciendo. Se alegraban del encuentro de la hija y el nieto a la vez que empezaban a alarmarse por ver a un niño cantar con tanta entrega la canción de una mujer despechada, pues nadie quería a un niño mariqueado en la familia. Yo veía a mi madre ser feliz, como rara vez la había visto, cantando una canción sobre un hombre que se iba. La ausencia también podía hacernos bailar, y bailando franqueábamos la distancia que habíamos impuesto para ocultarnos la tristeza.

De la canción yo no entendía que la cantante dijera, con furia y dolor, que si un hombre la abandonaba el cielo de ella se haría gris, y que en el siguiente verso anunciara, con orgullo, que si el hombre la abandonaba, ya no hacía falta que volviera. Si el cielo iba a hacerse gris, y gris era malo, ¿por qué no querría que él regresara? ¿No le habría gustado recuperar su cielo azul? Esa tarde en el bus le conté de mi análisis a mi madre, satisfecho en mi perspicacia. Ella no vio ninguna contradicción —debí de parecerle ingenuo— y dijo que si alguien decidía irse, naturalmente era mejor que no volviera. Así dio por terminada la conversación, y yo quedé con la duda irresuelta. A veces me parecía que ella sí esperaba que mi padre volviera, aunque no me lo dijera. También yo lo esperaba.

La canción se llamaba «Si te vas», y era de Shakira, que había nacido en Barranquilla, como yo. En la canción, le hablaba a un hombre que la había abandonado por una nueva mujer, y le dedicaba varios versos, también, a esa otra mujer: decía que ella era una bruja, que lo dejaría sin plata y hecho trizas (además, claro, de las ya mencionadas: tenía un par de dedos de frente y no sabía lavarse los dientes). Él entonces volvería para rogarle a la cantante que lo recibiera de vuelta, pero ella, abandonada y resentida, avisaba que cuando él quisiera volver, ella ya estaría muy lejos —un millón de noches lejos— de esa ciudad. Se iba, pues quedarse habría sido estar abandonada.

Puede ser que al escuchar cantar a mi madre y a la cantante sobre un hombre que se iba, y que las animaba a irse a ellas, se me ocurriera por primera vez que también yo debía irme. Yo habría podido querer ser el hombre que abandonaba, pero justamente no pude: mi impulso de huida venía de haberme visto como la mujer abandonada. Quería irme después del abandono, o quería lograr que un hombre se quedara.

No recuerdo ninguna pelea. No hay en la memoria gritos ni recriminaciones de las que sé que son capaces los humanos cuando han amado a alguien. No hubo cielo negro. Yo solo sabía que algo había estado y ya no estaba. No hay palabras en mi recuerdo de esa ausencia; solo la falta, silenciosa, y una educación en lo no dicho, en lo oculto. Entonces, la sensación de no hacer parte de ningún drama, de asistir como espectador a las señales silenciosas de un drama ajeno y entender que entre líneas —aunque no hubiera líneas— había algo más. Las palabras, si las hubo, no aclaraban: se decía una cosa para decir algo más. No se expresaba; se daba a entender. Si este texto pretende registrar la infancia, mejor sería tal vez que no tuviera palabras. Armar de miradas, de esperas y decepciones un texto. O tratar de llenar páginas sin párrafos, con comida desperdiciada. O que el texto entero se escribiera entre paréntesis, y por fuera del paréntesis, se oyera una canción.

Pocos días después de conocerlo, Simón me contó que se iba. Había sido aceptado en un programa de posgrado en los Estados Unidos, cerca de Nueva York, y si todo salía como él quería, viajaría en un par de meses. Él, sobre todo, esperaba, y dejó saber que tenía muchas ganas de irse. A lo mejor me interesó su interés académico —su interés en algo—, y me gustó suponer que se trataba de un hombre con curiosidad y ambición, sin que llegara a interesarme en realidad qué iba a hacer allá.

Por llevar tan poco tiempo de conocerlo, no alcancé a lamentarme por que el tiempo juntos se agotara. No pensé en el fin. El tiempo siempre se agota, y en los primeros días, cuando aún todo es posible, un par de meses parecen mucho tiempo. Además, en ese entonces yo no pensaba casi en el tiempo, si apenas descubría el día y el sol.

También me dijo que allá en el norte lo esperaba un novio. Dijo cosas que en ese momento me parecieron sensatas y que ahora, cuando para escribirlas me las repito, me suenan a exageración y también al cliché de lo que dicen los hombres que están comprometidos con alguien más. Contó que el noviazgo atravesaba una crisis hacía tiempo, que cada vez tenían menos cosas en común él y el novio —aunque él nunca lo llamó un *novio*: en realidad dijo allá me espera *alguien*, que hoy me parece que tal vez sea señal de mayor compromiso—, y que llevaban tantos meses sin verse que eran prácticamente desconocidos. Caminábamos de noche en el Virrey, un parque en el norte de Bogotá en cuyos alrededores vive la clase alta de la ciudad. Cerca de allí vivía Simón con su madre. Dijo que esperaba que eso —que él tuviera novio— no cambiara nada entre nosotros, que era a mí a quien él quería, que en todo caso él entendería si yo no quería verlo más, y después aclaraba que, sin importar lo que pasara conmigo, su relación acabaría pronto. Por favor no te vayas a imaginar que yo viajo a vivir una vida feliz en pareja, dijo. Y resultó más que apropiada su petición, pues esa vida feliz era todo lo que yo había estado imaginando mientras él hablaba. Cuando entendí que era mi turno de hablar, solo pregunté cuánto tiempo llevaban juntos. Quería saber la gravedad del asunto (aunque no era claro qué era más grave: una relación larga me hacía pensar que a lo mejor ya estaban cansados del otro, pero también que era una relación más fuerte; una relación corta, por el otro lado, debía de ser más fácil de desechar para él, pero esa conclusión no me convenía, pues la relación conmigo era más corta y, entonces, más desechable). Dijo que tres años. A mí me gustó poder verme del lado de la novedad, de la relación intensa que, en sus palabras, se le había salido de las manos. Alcancé a pensar en mi madre y en mí, abandonados por un hombre que se había ido con una nueva mujer, y me pareció que estar del otro lado —del lado de la nueva, de la escogida— era una suerte de justicia o de ascenso, y por creer en la justicia pensé que al final él se quedaría conmigo. Entonces nos besamos (bajo la luna llena: es cursi, pero así fue), y ni caí en la cuenta del presagio que entrañaba que la conversación sucediera en ese parque que lleva el título del que gobierna en representación del rey, sin llegar él a ser rey nunca.

Hoy podría ensayar razones por las que el anuncio de su partida me atrajo. Podría verme y pensar en por qué imaginarlo lejos bastó para encenderme. Diría que la distancia me dio la ilusión de una historia de amor más memorable, pues había varios miles de kilómetros a los que sobreponerse, un obstáculo que superar (dos, si contamos al novio, pero yo no lo contaba: si él había dicho que prácticamente eran desconocidos). Diría también que la posibilidad de poner a prueba un amor siempre es mejor que cualquier amor, pues si la prueba es superada, puede confirmarse que se trata de un gran amor. Y yo quería un gran amor o no quería nada. Quería un monumento. Quería poder amar a quien estuviera lejos y decir «Está lejos y nos amamos», y que quien me escuchara se impresionara, pues entendía que de ese material estaban hechos los grandes amores, las leyendas, y que no había mérito en amar a quien estaba al lado. Un viaje siempre le conviene al amor, porque o bien le da al amado la posibilidad de quedarse por uno o, si no se queda, resulta en que cruza esa distancia solo para verte: dejar el abandono siempre es moverse. Simón se iba, y yo, en su ausencia, podría decirle: Mientras no estás, me he convertido en quien quiero ser para ti, para que en el reencuentro puedas querer a la persona que soy, o para que en el desencuentro alcances a lamentarte por no haberte quedado conmigo.

Esa noche en el Virrey, después del beso, hablamos sobre el programa de Arquitectura al que se iba y el tema de su investigación. Le dije que también yo quería irme del país un día. Fingimos que olvidamos al novio, aunque semanas después, en momentos de angustia, se me ocurría que Simón se había arrepentido de todo y había escogido al otro (sin ver que en realidad yo era *el otro*), y él, por su lado, pasaba varios días sin hablarme, que solo podían explicarse con que sentía culpa. Más de una vez busqué al novio en las redes sociales, pero me encontraba siempre con perfiles en los que solo compartía fotos artísticas, como las llamábamos con una amiga, de edificios, escaleras, callejones y jardines. También él era arquitecto, y a lo mejor un sentido compartido del gusto los había hecho creer que debían estar juntos. O a lo mejor se habían amado. O se amaban todavía. Yo volvía a entrar al perfil la semana siguiente, esperando que tal vez hubiera una foto nueva, pero nunca encontré ni media *selfie*. Buscaba entonces su nombre en Google, y veía fotos de un hombre que me parecía más guapo que Simón, lo que me hacía querer más a Simón, pues debía de ser un hombre valioso si un hombre más guapo que él decidía esperarlo en otro país. Pero vuelvo: aquella noche en el Virrey, cuando apenas comenzábamos, no se me ocurrió imaginar mi angustia, su culpa ni nuestra separación. Tampoco creo que nos haya imaginado juntos en el invierno de una ciudad del norte ni en el invierno de ninguna otra ciudad. En su presencia, no podía, no me hacía falta aún, imaginar. La ausencia en cambio resulta siempre más estimulante.

Puedo escribir, por ejemplo, que anochece y la luz de la pantalla me ilumina. No enciendo todavía ninguna lámpara. Escribo, como he hecho cada tarde durante las dos semanas que he estado acá, y tú debes estar por llegar. Saliste temprano, en la mañana, porque debías encontrarte con unos compañeros para terminar una entrega. Sigues sin acostumbrarte a los trabajos en grupo, pero cada vez te cuestan menos. Yo he pensado en adelantar la comida, para sorprenderte cuando llegues, pero he preferido, sobre el gesto romántico de la cena lista, la intimidad de preparar la comida juntos mientras nos contamos el día. He preferido la cotidianidad, aunque ya empiece a sentir hambre. Llegas mientras escribo esta línea. Punto, y me distraigo de la pantalla por verte entrar. Verte cruzar la puerta, que me mires y sonrías: trato de no pensar en la cantidad de veces que he imaginado esta escena, pero no puedo evitarlo y entonces sonrío, y tú crees que sonrío por verte llegar, que también. Te quitas las botas; las dejas en la entrada junto a los otros zapatos, y algo de nieve queda en el piso de madera. «Hola, joven». Te respondo, concentrado en la pantalla de nuevo, que ya voy, que necesito terminar esta idea, y es esta la línea que termino de escribir; no necesito mucho más tiempo, podría levantarme ya, pero acá sigo, y verás, cuando leas, cómo extiendo la oración: coma, punto y coma, dos puntos, coma; lo hago solo porque sé que te gusta oír que hay una idea que necesito terminar, que la escritura me requiere y me aparta por unos momentos de ti. Nos vemos en la cocina. Encontraste una botella de vino en oferta y la trajiste para la cena; no es nuestro favorito, pero tampoco está mal. Disfrutamos decir ese tipo de cosas: que tenemos un vino favorito, que hay otros que no están mal. Que existen cosas de los dos. Pelo unas papas y tú pones el agua a hervir. Me cuentas que, de nuevo, no te has entendido del todo con tus compañeros, pero que al final no ha quedado tan mal el trabajo que entregaron, y hasta has quedado satisfecho, pero nunca se lo admitirías a ellos. Sacas unos hongos de la nevera. Yo, en cambio, no te cuento sobre mi escritura, pues ya sabes que estoy terminando el libro y desde hace algunos días prefiero no decir nada. Es la superstición, te dije, porque me da miedo que si te cuento el final entonces sea incapaz de escribirlo. Tu incertidumbre me motiva en la escritura. Me respondiste que si acaso era porque estaba escribiéndolo para ti. Pongo los hongos, con aceite, en una sartén; tú echas las papas peladas en la olla de agua. Me dices «Qué delicia comer naco, como dices tú», y reímos porque quien dice así eres tú, no yo. Yo digo «puré de papa». Sirvo vino. Seguimos esperando cosas que nos parecen grandes: tú vas a terminar una tesis; yo quiero terminar un libro. Mientras tanto, también esperamos a que el agua hierva, las papas cedan, los hongos se asen. Ahora esperamos juntos. Te doy un beso y te digo que ya vuelvo, que me avises para servir, y vengo a terminar este párrafo. La luz de la cocina llega débil hasta mí; la sala sigue a oscuras, y la pantalla me ilumina de nuevo. Tú no me avisas y sirves solo. «Ya está listo, joven», y entonces voy a la mesa. Enciendes, por fin, una lámpara, y nos miramos iluminados. Sabemos que estaríamos bien si el invierno se extendiera para siempre, si el sol no volviera a salir.

Estoy pensando en las estaciones. En cómo puede cambiar la percepción del mundo cuando con los meses llega, naturalmente, el cambio, y en cómo vivir en este trópico, sin estaciones, es repetir siempre el mismo día. Pienso en las historias de amor, en que deben ser distintas en otros lugares, cuando el color y el calor del paisaje varían y le dan una nueva luz, otro escenario, incluso otra ropa, a lo que vives. Imagino los días más largos, en los que el sol te acompañó hasta las nueve o diez de la tarde —claro, acá siempre habríamos dicho nueve o diez de la noche; no cabe imaginar esa hora de tarde—, y luego esas noches cortas, que se hicieron aún más cortas porque estabas enamorado. Y acá, en cambio, ya sabrás la situación: la condena de esperar que alguien vuelva, y el lugar ni se da por enterado. Un lugar del que se dice que tiene una temporada de lluvia y otra de sequía, que se siguen la una a la otra sin que nunca nadie esté preparado para ninguna, así que llegan siempre, cada cierto tiempo, las emergencias de la inundación y de la sed. Imagina esa doble espera, ese purgatorio inundado o seco. Acá no podrás decir «Fuiste mío un verano» ni «Sin ti ni medio otoño». En la radio cantan una y otra vez las mismas canciones y es como si le hablaran a otro: no es nuestro lugar decir

«Esperemos todos los inviernos», ni tampoco, pobres, lamentarnos por la maldita primavera y su ligero paso. Imagina el efecto que tienen esas canciones de afuera repetidas en nosotros. La desorientación porque todo está sucediendo en otra parte. Pero no todo está perdido y quien sufre por amor en el trópico algo puede decir. Cabría, por ejemplo, escribir una canción que empezara así: «Afuera nada cambia, es otra vez enero; da lo mismo si es agosto: sigo pensando en ti». O una menos llorona, más orgullosa: «Te fuiste, corazón, sin decir nada, a ver en otros brazos el otoño. Pero acá siguen creciendo las matas, el sol permanece, y encuentro más baratos el plátano y el lulo».

En la fantasía, yo termino de escribir este libro, pero este libro es otro, pues en su compañía el libro no podría ser sobre su partida. ¿Qué libro escribiría entonces? Vuelvo a concentrarme en la imagen fantaseada y vuelvo a ver la luz de la pantalla, la nieve que dejan las botas sobre la madera, las papas, los hongos y el vino, pero de la escritura no sé más.

En el juego de las telenovelas, el niño interpreta a todos los personajes: mujeres que hablan de hombres, y hombres que hablan de negocios. Una mujer y un hombre a veces se encuentran y pueden hablar de amor —como sucede en aquella telenovela en la que el hombre intenta que la mujer amada lo perdone, o como sucedería en la del jefe que se enamora de la secretaria fea si él decidiera confesarle su sentimiento a ella o a otra de las empleadas de la empresa—, pero nunca las mujeres solas hablan de negocios. A cada personaje le inventa una voz y unos gestos —varían el movimiento de los brazos al hablar, la mirada, la postura—, y a veces nota con preocupación que las mujeres tienen muchas más escenas que los hombres, lo que quiere decir que pasa más tiempo actuando como mujer que como hombre. Él cuando grande será un hombre —ya se le va olvidando que una vez quiso ser un monstruo—, así que tendría que disfrutar actuar como hombre tanto o más de lo que disfruta actuar como mujer, pero en las escenas sobre los negocios de los hombres suele aburrirse, y se imagina que, si él se aburre, también el público se aburrirá. Entonces trata de inventar mejores discusiones entre ellos: también todos sufren por amor, pero tardan más en entenderlo. Por pensar en el amor, ahora los hombres se distraen en sus conversaciones de negocios, y buscan la manera de llevar la conversación hacia su nuevo problema, pero no siempre es fácil. A veces se encuentran con un hombre al que le parecen ridículos los asuntos del corazón, como ha oído que les llaman a esos asuntos en otras telenovelas, y entonces ese hombre le dice al otro —al enamorado—: Deje la pendejada, hermano. Otras veces se descubre que también el otro hombre sufre por amor, y entonces la reunión de negocios se convierte en una zona de confianza en la que cada uno habla de la ilusión que guarda. Después, se dan consejos. Ocurre entonces que están a punto de abrazarse, acariciarse incluso, pero el niño no ha visto que eso suceda entre hombres adultos y decide cambiar de escena o dejar el capítulo hasta ahí.

Junto con la telenovela, el niño inventa canciones. Comenzó un día a cantar la letra de una canción imaginaria y entonces se dejó llevar, inspirado en la situación que vivía la protagonista de su telenovela. Le pareció que sería la canción perfecta para la escena en la que estaba, y entonces supo que podía hacer también las canciones de su programa. No las escribe ni las memoriza: cada canción existe solo mientras duran la escena y el canto. Descubre que además de cantar le gusta componer, aunque no diría «componer», sino «inventar», y ahora planea las escenas pensando en las canciones que le gustaría inventar. Es agotador ser todo el elenco y también la banda sonora, pero no se siente solo y es un agotamiento que está dispuesto a aceptar. Solo importa que su melodrama sea el mejor. Cada tarde, a la misma hora, se encierra en su cuarto y empieza un nuevo capítulo. Ya casi se reencuentran los protagonistas, pero un malentendido ha hecho que se separen de nuevo. El capítulo acaba y esta vez será difícil para el espectador saber si podrán resolver el malentendido. Esta vez parece definitivo.

Al día siguiente, en el colegio, el niño llega entusiasmado, y le pregunta a la niña que se sienta en el pupitre de al lado, a quien antes no le ha hablado casi, si ha visto la telenovela la noche anterior. Ella se muestra confundida, pues el nombre de esa telenovela nunca lo ha oído, pero él insiste: ¿No la viste? ¡Si estuvo buenísima! Ella vuelve a decir que no la ha visto nunca, y él, sorprendido, accede, sin que ella se lo pida, a contarle los detalles de lo que pasó. No alcanza a saber si ella se aburre o no, pues antes de llegar al final del relato llega la profesora y el comienzo de la clase lo interrumpe. Le dice a la niña que en el recreo le seguirá contando, pero a la hora indicada no la encuentra por ningún lado. Entonces camina, como acostumbra a hacer en los recreos, sobre unos muros no muy altos ni anchos que delimitan los senderos del colegio. Le gusta hacer equilibrio sobre ellos. Además, se ha convencido de que le es útil para la práctica de gimnasia a la que asiste después. A veces canta mientras va sobre el muro, y otras veces se dice lo que sucederá en el siguiente capítulo de la telenovela. Siempre tiene cuidado de que nadie lo vea. Los demás niños están lejos, en la cancha jugando fútbol, pero en su juego de equilibrio se le pasa el tiempo tan rápido que nunca sabe cuándo volverán. Por eso, prefiere hablarse para adentro, y así no correr el menor riesgo de que lo señalen por hablar solo, pues sabe que ya está muy grande para eso. Trataría de explicarles que no está hablando solo, sino trabajando, pero ellos no lo entenderían. Cree que si pudiera oírse recordaría mejor los planes de la telenovela, y entonces en la tarde haría una mejor interpretación. Pero no puede hablar para afuera, así que un día, cansado de hablar para adentro, empieza a escribir. Escribe las letras de las canciones, para recordarlas, y también el libreto del siguiente capítulo de la telenovela.

Antes de separarse, mi madre ya se había ido de una casa. Estaba embarazada y, enamorada, dejó la casa de sus padres para irse a vivir con el mío. Mis abuelos no habían recibido bien la noticia de su embarazo: a mi abuela católica le parecía improcedente que su hija tuviera un hijo sin estar casada, y a mi abuelo borracho solo le alcanzó el aliento para decirle «puta». Ella se fue, y antes le advirtió a la madre que si no quería al nieto desde que estaba en el vientre, no tendría permitido quererlo después. A mi abuelo no le dijo nada.

Había pasado su vida con un padre alcohólico. Irse era una manera de empezar de nuevo —empezar con un nuevo padre, distinto del que le había tocado a ella—, y era buscar otro cielo. Ella no vivía bajo un cielo gris, como el que mencionaba la cantante en aquella canción, sino bajo un cielo negro que sabía hacerse negrísimo cada vez que su padre llegaba borracho en las madrugadas, y en algunas ocasiones al mediodía y en las tardes —a plena luz del sol, cielo oscuro intenso—, a despertar a insultos a la esposa y a las dos hijas, las mujeres con las que vivía. Entonces ocurría la tormenta, y los ruidos de las puertas que tiraba y los platos que dejaba caer en la cocina instauraban la noche sin estrellas en la que ya ellas no podrían seguir durmiendo. Él se aseguraba de despertarlas —hacía saber que había llegado el hombre de la casa— y al sentir el temor de las mujeres, era capaz de tranquilizarse y caía dormido. El momento de tranquilidad para ellas no ocurría mientras él no estaba, pues se esperaban siempre su regreso, sino en las horas del día en las que él dormía, cuando podían anticipar, con ilusión, la paz de su muerte. Quizás entonces durante esas horas el cielo alcanzaba a hacerse gris.

Al saber del embarazo, mi madre supo que no quería tener un hijo cerca del padre violento. Se preguntó cómo había permitido su madre que ella y su hermana crecieran expuestas a esa furia alcohólica, y nunca supo responderse si fue por costumbre o por temor. Algunas amigas le decían que debía ser por amor, pero ella les respondía que el amor no podía ser eso.

Pienso en esas dos niñas acurrucadas en la oscuridad de un cuarto, de madrugada, temblorosas del miedo que les causa el padre: ¿se abrazaban y se decían que todo iba a estar bien? ¿Alguna vez fingieron que seguían durmiendo, o siempre preferían mirarse con resignación y espanto? ¿Buscaban a la madre, o desde niñas ya sabían resentirla?

Pienso en las veces que él llegó cuando ya era de día, y entonces sucedían el encuentro y la huida, el encierro, los golpes en la puerta, los gritos, el silencio y la espera a que el padre se durmiera.

Pienso en la madre que ama a las hijas y ama al hombre. Ella también siente miedo, pero no tiembla ni escapa: se paraliza. No se hace la dormida y, avergonzada, tampoco busca las miradas de las hijas.

Trato de imaginar esos temores y ese amor, y sé que el corazón no me alcanza.

En esas jornadas de terror que no presencié ni alcanzo a imaginar enteras, el padre exhibía las heridas de su propia infancia. Había sido abandonado por su padre y quedó con la madre, a la que resentía por no haber logrado que su padre se quedara. Lo había abandonado un hombre, y la culpable era la mujer que había decidido quedarse. Él también esperó ansiosamente, como mi madre, como yo, que un hombre volviera.

Mi abuelo quiso con intensidad, embriagado, abrir en sus hijas las heridas que él llevaba. Fue la manera que encontró de mirarse en ellas, de hacerlas parte auténtica de su linaje. Quiso formar una familia, acompañarse. Un hombre que no tenía ninguna propiedad, que no trabajaba y que solo podía emborracharse no tenía nada para legar, salvo el dolor de la infancia, una versión renovada del abandono que conocía, y una peor versión, pues era un padre ausente hasta que aparecía con su furia. Habría sido diferente, y más fácil, si se hubiera tratado de un abandono completo. Pero eso habría sido pedirle demasiado, pues era un hombre apenas capaz de hacer a medias.

Lo que hereda una generación de la generación anterior, lo que une y desune por igual, es la herida. Podría inventar incluso que *herencia* y *herida* comparten raíz. El amor no podía ser eso, dijo mi madre. El amor, digo yo, no se hereda, no une ni desune generaciones. El amor sucede poquísimas veces y convence al enamorado de que es posible salir del tiempo, sustraerse de las heridas y del dolor de las generaciones anteriores. El amor te hace querer ser otro y te hace creer que puedes ser otro. Al fundar ese deseo y esa fe, ya te convirtió en otro. Ya qué importa si te corresponden: en todo caso, estarían correspondiéndole a uno que apenas conoces.

Cuando Simón fue por primera vez a mi casa, yo le había contado ya sobre las casas en las que había vivido antes. Abrí la puerta, y él siguió hasta el cuarto y volvió veloz —era un apartamento pequeño— para comentar: Imagínate si el escritorio estuviera ahí, mirando hacia la ventana.

A ese apartamento yo había llegado con mi madre hacía tiempo, cuando quise hacer la universidad en Bogotá. Tenía quince años, estaba cerca de graduarme del colegio en Barranquilla, y cité a mis padres en un restaurante chino para decirles que me interesaba ser el mejor (tenía las mejores calificaciones del colegio y me creía mejor que el resto) y que, como decían que las mejores universidades del país estaban en Bogotá, lo que más convenía en mi caso era que estudiara allá. La verdad era que había viajado a Bogotá en las vacaciones anteriores y me había deslumbrado lo que parecía una gran ciudad, más similar a donde sucedían las cosas que veía en la televisión. Me ilusionaban el frío de allá, cansado del calor de Barranquilla, y la posibilidad de un universo de ropa que me parecía más elegante y hasta entonces inexplorado por mí: abrigos, bufandas, gorros (también más parecido, claro, a como se vestía la gente en la televisión, aunque luego vi, decepcionado, que no hacía falta usar gorros en el frío bogotano). Además, la gente que salía de Barranquilla, incluso si después se iba del país, vivía primero en Bogotá. Era lo que habían hecho un tío, una prima, varios amigos de mis padres y la misma Shakira. Casi toda la información en los noticieros nacionales era sobre Bogotá —y cómo no iba a serlo, si era la capital—, y también desde allá se dirigía al pueblo el presidente. Yo me decía «Es una ciudad grande: allá a nadie le importa cómo te vistes ni cómo te mueves, nadie te mira, nadie te juzga», que debía ser una manera de decirme «Allá podrás amar a los hombres». Mi madre consiguió un trabajo allá —o debería decir *acá*, que es desde donde escribo— y se mudó conmigo, pues le parecía que yo no estaba listo para vivir solo. Mi padre, para estar presente sin mudarse, se ofreció a pagar el apartamento donde viviríamos. Llegamos al norte de la ciudad, a ese barrio de la clase media que había ascendido lo suficiente como para no querer que sus hijos se juntaran con personas de una clase más baja, pero a la que no le alcanzaba para vivir donde estaba la verdadera élite, más cerca del Virrey. Un día, casi al final de mis años de universidad, sola en el apartamento, a mi madre le pareció que yo pasaba demasiado tiempo en la calle, y ella demasiado tiempo en la casa, así que decidió volver a Barranquilla. Cuando se fue, se llevó todo lo que había en la casa, salvo la nevera, la lavadora y los muebles de mi cuarto: una cama y un escritorio. Saqué entonces el escritorio a la sala, para que no quedara vacía. En ese apartamento, al que Simón fue por primera vez, la luz entraba poco, no había plantas y de las paredes blancas no colgaba nada. Simón dijo que, para ser alguien que pensaba tanto en la historia de mis casas, yo no parecía muy interesado en hacerme cargo de una casa.

El escritorio estaba en una esquina, entre pared y pared, donde antes había un comedor. Al llegar al apartamento, era lo primero que se veía. A la izquierda estaba la ventana a la que Simón se refería, que llegaba casi hasta el piso y que daba hacia los apartamentos del edificio vecino. A mí me habría parecido incómodo escribir a la vista de otras personas —me habría sentido un poco exhibicionista y muy ridículo—, pero la verdad es que hasta entonces no se me había ocurrido que el escritorio pudiera estar en otro lugar ni que eso importara. Hasta entonces yo me había movido sin que me importara el espacio.

Él opinó que con la luz que entrara por la ventana podría incluso escribir mejor, iluminado, y yo pensé que no tenía razón. Pero él era arquitecto, no escritor, y por eso entendía del espacio y no de la escritura. Me dije que para mí bastaba con estar en la página, ese otro espacio, pues en el rato —el rapto, y más bien la angustia— de la escritura dejaban de existir las luces, la pared y la ventana. En ese instante, que en un buen día se extendía por horas, existíamos solamente el texto, la luz de la pantalla y yo; ya lo he dicho: yo era ese tipo de romántico.

Todo eso era cierto, o lo creía cierto, y, sin embargo, sentí vergüenza de mí y del desinterés. Yo había estado viviendo a medias, casi virtualmente, y de repente, con su presencia, conocí la materialidad: el abandono en el que tenía la casa donde vivía. Fue un momento opuesto a la ceguera, como se refieren al primer amor en un libro que leí después. Nada le dije, y él siguió hablando sobre los beneficios de la luz natural. Aprovechó para hablar de la luz fría y la luz cálida, dijo que la primera lo hacía sentir en una oficina, y que él, que prefería cómo se veía la cálida —es decir, la amarilla, pero él nunca la llamó así—, escogía esa para sus lámparas, aunque a veces le costara más trabajo leer y llegaran a irritársele los ojos. Yo no tenía lámparas ni se me había ocurrido que necesitara una: con ver era suficiente, qué importaba el tipo de luz. Si las luces en mi casa eran amarillas, cálidas quiero decir, que lo eran, no había sido porque yo lo decidiera. Es más: podía ser que antes no me hubiera fijado en que eran amarillas y no blancas. Podía ser que yo nunca hubiera atendido a la luz.

De donde yo venía las personas no hablaban de luces. Durante mi infancia había oído, sin mayor interés, que se decía que alguien tenía el apartamento bonito o no, y la cualidad estética del lugar dependía casi por completo de si el lugar estaba limpio. Al decir «Tu tía tiene ese apartamento tan feo», lo que quería decirse era que lo tenía desordenado.

Nunca supe si la casa de Simón se mantenía limpia o desordenada —creo que está claro, pero voy a reiterarlo: nunca me invitó—, pero una vez me mandó un video que había hecho con los objetos de la sala como parte de lo que él llamó un proyecto artístico. Vi floreros, miniaturas de animales en piedra y madera, plantas, postales, varios números de una revista vieja de arte y arquitectura —de la que, supe después, su abuelo había sido el director—, botones, binóculos, ceniceros, un cofre y otras cosas que no sabría nombrar: objetos que debían haber hecho parte de la casa antes de que ellos llegaran y que nadie compraría hoy, nadie que yo conozca en todo caso; su valor principal era el pasado del que hablaban, su historia. Frente a ese despliegue, me quedo sin palabras. Puedo describir lo que sentí, asombrado desde mi isla vacía en la que nunca habían importado los objetos que decoraban un espacio (asombrado, también, porque había objetos tan pequeños en esa colección que su función no podía ser la de llenar un espacio —o, precisamente: no estaban allí cumpliendo una función—), pero no puedo nombrar los objetos ni describirlos como querría. A ese detalle no alcanzo. En esa lista —floreros, animales, postales, revistas, botones, binóculos, ceniceros, cofres— puedo nombrar solo lo que ya conocía antes de conocerlo a él. A su lado, yo esperaba acceder a ese mundo de palabras, materiales y formas hasta entonces desconocido y lejano de las casas donde había crecido. Durante la universidad ya había resentido que hubiera estudiantes cuyos padres y abuelos habían sido ministros, diplomáticos y escritores con bibliotecas inmensas, veranos en Europa y parientes artistas, mientras que mis abuelos habían sido uno policía y el otro un borracho (y poeta, sí, pero sin biblioteca: qué gracia). Entonces me decía, con total afectación: Si tan solo algo me hubieran dejado estos señores: ¡todo me toca aprenderlo a mí! Pero la idea de estar con Simón desplazaba parcialmente el resentimiento, pues de repente yo haría parte también del mundo de la luz cálida, los objetos, el detalle y las revistas de arte. Era la oportunidad de dejar mi isla y de recibir, aunque fuera tarde, esa educación del gusto.

Mi madre no había recibido ningún objeto de sus padres, pues se fue de su casa a vivir en la casa de otros y, luego, a vivir en una casa vacía que con paciencia y esfuerzo fue llenando. Mis abuelos tampoco habían recibido nada de sus padres, pues ellos no habían tenido nada que heredarles: no acumularon nada y su esfuerzo se concentró en moverse de la montaña al pueblo, un recorrido que habrá sido más fácil sin tanto que cargar. Si se observara la historia de mi familia a través de los objetos, sería la historia de la movilidad social, pues pasaron de no tener nada a tener algo. Pero ese algo no tenía que ser bello ni contar una historia: bastaba con que ocupara un lugar en la sala. Se valoraban las cosas que tenían un fin, y era inexistente el culto a los objetos que ya yo entendía que existía en Simón y en su familia: el aprecio y la acumulación de cosas que habían conseguido y también que habían recibido de la generación anterior. Coleccionaban porque antes alguien lo había hecho por ellos y porque el mobiliario era una manera de permanecer en el tiempo (y no cualquier manera: la manera de la belleza, que suele ser, y en esto coincidimos, la mejor manera).

En la separación, mis padres habían decidido liquidar la empresa de arquitectura que tenían juntos y vender el carro que él usaba. Él estaba endeudado, decía ella que por aparentar que tenía dinero delante de la familia de su nueva novia, a quienes les llevaba regalos y mercado mientras que en nuestra casa no había nada, y mi madre, por amor, o por darse una imagen mayor de su despojo, le dijo que pagara las deudas primero, antes de darnos plata a nosotros. Con la parte que recibió, pagó la cuota inicial del apartamento en el que después viví con ella, que esperábamos que entregaran cuando viví en las casas de mis abuelas. La separación del hombre al que amaba —el fin de una casa— le dio una casa nueva.

De las personas de mi vida, tal vez fue ella, mi madre, la única que se interesó por los objetos y el espacio. Ese interés creció, supongo, cuando se vio sola, sin un hombre, en una casa nueva y vacía. Quizás ella misma se sintió nueva y vacía, y entonces empezó a acumular. En el mundo del abandono, en la ausencia, lo que queda es la acumulación. Pudo ser que el día en que supo que mi padre ya no volvería, ella decidiera dedicarse por completo a adornar el espacio. O pudo ser que lo adornara por pensar que en cualquier momento él volvería, y entonces encontraría una casa cuidada en la que podría hacerse viejo con gusto. Y es cierto que una vez él volvió, a visitarme como solía hacer, y le propuso matrimonio, sin que hubiera habido antes una reconciliación. Ella preguntó por qué, ilusionada y también ofendida por que ese hombre sintiera que podía proponérsele así, sin pudor ni acrobacias románticas, y él solo supo decirle que porque ella tenía la casa muy linda. Ella le dijo que lo que él necesitaba era una decoradora y no una esposa, y le pidió que no volviera.

Yo, que fui un adolescente de manual, desprecié el interés de mi madre en la casa, pues era regla despreciar aquello que motivara a una madre —diría «como Dios manda», pero en aquel entonces también era regla despreciar a Dios, incluso sus tiempos del día y la noche—. Durante esos años me pasaba la mayor parte del día en la calle, y solo llegaba a la casa a dormir, y a veces tampoco a eso. No disimulaba mi desdén por los asuntos domésticos. Cuántos días vi a mi madre ansiosa por no poder escoger entre dos lámparas, por no encontrar el tapete de la medida justa, y jamás fingí interés ni la acompañé en la ansiedad. Ella sufría porque entre dos objetos siempre le gustaba el más caro. Su gusto era su condena. O mejor: la falta de plata era su condena. Yo, en cambio, estaba convencido de que lo emocionante del mundo estaba por fuera de la casa, y me decía que era mi deber salir a buscarlo. Su excesiva preocupación por los objetos me parecía superficial, y solo tiempo después comencé también a adorar las superficies.

Yo no miraba los objetos que mi madre acumulaba, solo sabía que estaban allí. Puedo esforzarme, imaginar qué se habría visto en el video de los objetos de nuestra sala, volver a ellos con el amor que siento ahora, saber que también ellos pueden contar una historia: piedras lisas que mi madre recogía en la playa, semillas de chocho rojísimas en una vasija de barro, canicas (bolitas de uñita las llamábamos en Barranquilla) que adornaban el fondo de los floreros, una familia de pingüinos de totumo, dos viejas botellas cafés de vidrio en las que antes se envasaba ron y que ella había encontrado en el taller mecánico de su tío. También en ese taller había pedido algunas partes del motor de un carro para construirse un candelabro de hierro. Sabía usar las manos y las herramientas.

Reconocía el potencial en objetos que otros habrían desechado. Tenía su mirada y su intuición, y una carrera de Arquitectura a la que había entrado por obligación —era la única carrera con cupos cuando fue a inscribirse en la Universidad del Atlántico—, pero que había fortalecido su relación con el espacio. Su gusto, además de su condena, era un aprendizaje y no una herencia. Era una pionera. Veía programas de diseño de interiores en televisión: un canal se llamaba Utilísima y otro Discovery Home & Health. Se inscribió en un curso de vitral y en otro de acuarela. Visitaba los apartamentos modelos de los proyectos de construcción en el norte de la ciudad. Sabía decir qué le gustaba y qué no. Ahorraba para comprar un jarrón de cerámica y llegaba feliz a la casa a decirle al hijo, o a la dureza de las piedras, «Mira mi nuevo potiche», dichosa de oír ese nuevo nombre en su voz. Una persona habría dicho que era recursiva; otra, que tenía elegancia y talento; y una más, que era arribista. Vivíamos en una casa preciosa, toda decorada por ella. Nadie habría dicho lo contrario, pero tampoco nadie habría pensado al visitarla en la opulencia.

A Simón le expliqué que si la casa estaba así, vacía y descuidada, era porque, cuando mi madre se había ido, yo había decidido mudarme a un apartamento de una sola habitación, más cerca del trabajo y lejos del barrio de familias donde vivía con ella. Después me dio pereza buscar ese apartamento, me entretuve en otras cosas, y así me habían pasado un par de años, lo que con seguridad hablaba mal de mí, pero servía para disimular un poco el desinterés en la casa. Era probable que detrás de ese desinterés se ocultara el temor de que cualquier objeto escogido por mí dejara ver que yo no entendía del espacio, que revelara mi falta de gusto y, de paso, mi origen, la historia familiar que acá cuento. Las cosas que había recibido de mi madre —la nevera, la lavadora, la cama, el escritorio— tenían valor por su funcionalidad. Por mi cuenta, no me había comprometido con ningún objeto. Una casa vacía era mejor que una casa mal decorada.

Esa tarde dije: No siento que esta casa sea mía y por eso nunca me he preocupado por ella. Dije también: Es una casa provisional y espero mudarme pronto. Simón, que ya creía que me conocía bien, no me creyó, y esa noche, cuando se fue, no pude ya dejar de ver el apartamento: sentí la insuficiencia. Era verdad que el escritorio estaba en un rincón oscuro, y, peor, se trataba de un escritorio angosto y feo. Quién podía escribir bien así. Las paredes desoladas me espantaron, y por primera vez percibí la soledad de un lugar sin amoblar. Me sentí asfixiado en una casa a la que de repente no le entraba suficiente luz, y supe que ya no podría seguir tranquilo allí. Esa misma noche empecé a buscar apartamentos en arriendo. Me dije que por suerte no tenía mucho que empacar.

Yo nunca había pensado en luces ni en cómo se iluminaban las cosas. No sabía de cómo los espacios cambiaban según la luz. Cuando Simón me sugirió que moviera el escritorio y me habló de luces, me dejó ver la posibilidad de hacer una casa nueva. Antes, al hacerme despertar más temprano, ya había extendido mi día. Me había dado más horas para pensar; para pensar en él, sí, pero también más horas para pensar en lo demás. Él estaba en todo: en las naranjas del desayuno, en el arroz del almuerzo, en las nubes de la tarde, en el azul, en el púrpura y el negro. Ya casi no se me aparece —el tiempo pasa y el olvido se impone—, pero si adoro las superficies es porque con él los objetos tuvieron un brillo nuevo. Quise entonces todos los objetos para tener también la forma en que la luz los tocaba. Quise acumular la belleza.

Mira cómo brilla cada objeto.

Mira cómo la luz lo muestra y lo cambia.

Ese es el destello que él dejó en mí.

El niño canta con ella las canciones que antes ella cantaba sola. O que antes no habría cantado, no con tanta entrega, pues no había sido abandonada por un hombre. Le parece a él, al niño, por el despliegue que hace la madre, que al cantar es importante verse en aquello que dicen las letras de las canciones. Ve que ella canta más alto, y también más afinada, las partes que mejor hablan de su situación, que en algunas canciones son todas las partes. El niño, que ya sabe cómo es ver a un hombre irse, canta también, comprometido con los dolores y el orgullo de la canción. Pero ese hombre que se ha ido no es su hombre, y cuando se acaba la música, y vuelve el acostumbrado silencio a la casa de los abuelos, el niño alcanza a preguntarse si su canto es tan auténtico como el de la madre. Se dice que él es una buena compañía, y le gusta verla feliz mientras cantan juntos, pero le preocupa que a su canto le falte profundidad. Entonces se encierra algunas tardes, quizás todas, a escuchar a escondidas, para que sea una sorpresa, el CD de aquella cantante que más veces ha escuchado a la madre cantar. Quiere interiorizarlas del todo, la letra y la entonación. Canta y más canta. Piensa el niño que la madre se alegrará al ver los resultados de su práctica. Seguirá siendo una compañía, pero se entrena para el espectáculo principal. La madre, que nunca se ha mostrado alarmada cuando el niño canta con ella, en efecto se sorprende al verlo cantar sin ella y tan apasionado. Ya no es el niño que acompaña a la madre, sino el niño que juega a ser la madre cuando está solo. Ella no le dice nada; ni siquiera lo interrumpe ni se deja ver cuando lo descubre en su entrenamiento, pero deja de poner las canciones de esa cantante y las reemplaza por los vallenatos que suenan en el bus en el que viajan de la ciudad al pueblo. Si acaso alguna tarde le hace falta, la madre comprueba que el niño no esté cerca y vuelve a las canciones de aquella mujer, hasta que el niño, como atraído por un ritmo antiguo, se asoma con timidez —con ilusión—, y entonces ella quita el CD y busca en una emisora otras canciones. El niño, que extraña cantar y bailar con la madre, otra vez se encierra a cantar la canción que antes cantaban juntos —de nuevo los dos dedos de frente, de nuevo el cepillo de dientes—, y ella, al volver a encontrarlo, le lanza una mirada de sospecha, como antes, cuando fue un monstruo, lo miró su padre. El niño que canta las canciones de mujeres es otra monstruosidad. Esa, sabe la madre, no debe ser su voz.

La primera casa en la que vivieron mis padres fue la de mi abuela paterna. Allí llegó mi madre con varios meses de embarazo, sin despedirse de sus padres y sin saber cuándo volvería a verlos. Entonces empezó a vivir con la madre de otro, una mujer severa que se había prohibido la ternura para criar, en la escasez, a doce hijos. De haber recibido como regalo de cumpleaños el ramo de rosas más rojas y rosas y jugosas y espléndidas que pudieras encontrar para ella en esa ciudad caliente, habría dicho: Para qué flores, si se mueren; a mí mejor deme plata. Si, por seducirla o complacerla, le hubieran preguntado qué le provocaba comer, habría respondido: Mija, si yo como hasta piedras. Su marido era policía y para entonces ya no vivía con ella, sino a la vuelta, en una casa que había comprado para estar cerca de esa mujer de la que ya estaba separado. El acuerdo de la separación había consistido en que no vivirían juntos, pero cada día ella le mandaría el almuerzo y la cena. De ese modo se libraban de la convivencia a la vez que él podía seguir recibiendo algunos beneficios de tener una esposa. A ella le daba igual preparar un plato de más —se conformaba con no tener que verlo, pues había sido un marido basto y violento—, y alguno de los hijos, o de los nietos después, se encargaba de llevarle a él la comida. Mi madre fue recibida con cierta hospitalidad, la que los miembros de la casa consideraron debida a una mujer embarazada, y en cuanto nací confirmó que en realidad nadie se sentía cómodo con su presencia. Había un malestar en la casa que no alcanzaba a ocasionar discusiones pero que producía un ambiente hostil, en especial cuando mi madre estaba sola, sin él. Si ella ofrecía para el desayuno un *omelette*, o incluso si decía, para sonar menos sofisticada, «una tortilla», una de mis tías podía responderle que no se preocupara, que ellas ya tenían pensado comer pan con pan. La otra tía soltaba una carcajada y le explicaba que, como no tenían para el queso, se comían dos tajadas de pan, una sobre la otra, y se decían que estaban comiendo un sánduche. Una le advertía a la otra: No lo abras, mija, que no vas a encontrar nada adentro, divertidas con la carencia que exageraban y que, de repente, después de una vida de esfuerzo y escasez, era motivo de orgullo. Entonces mi madre fingía una sonrisa y escogía no prepararse ningún huevo. Así, sus formas al comer y al hablar, sus gustos y su manera de vestirse, incluso su belleza le hablaban a esa familia de una sofisticación que no entendían y que despreciaban, pues les hacía creer que mi madre había llegado a su casa para mostrarse superior a ellas. Ella no entendía ese desprecio, pues en realidad no tenía más dinero ni pertenecía a otra clase social, pero a lo mejor eso era lo que más inquietaba a mi abuela y a mis tías: que esa sofisticación pudiera venir de un lugar distinto de la plata; que viniera del espíritu o de otro tiempo. En esa casa dormíamos en un mismo cuarto los tres, y mi madre, unas semanas después de que nací, pintó en la pared a los perros de la película de *101 dálmatas*, que se había estrenado hacía treinta años y de la que estaba por lanzarse una nueva versión, con actores y perros de carne y hueso.

De la casa donde pasé mis primeros años, recuerdo el cuarto, y del cuarto, los dálmatas en la pared. También recuerdo que pasaba horas dormido sobre la barriga de mi abuela. Mi madre recuerda no ser querida por nadie, salvo por mi padre. También recuerda que cada noche alistaba la ropa que esperaba que me pusieran al día siguiente, siempre cuidadosamente escogida para que combinara la camisita con el pantalón, y cada noche al llegar del trabajo me encontraba disfrazado, como diría ella, con la ropa que mi abuela había querido ponerme, sin ninguna de las prendas que mi madre había sacado. Ella, digna, volvía a dejar ropa en el mismo lugar de la noche anterior, y así las prendas sin utilizar se iban acumulando hasta que un día mi abuela las guardaba de nuevo en el clóset —«¡Qué es este desorden!», decía tal vez con auténtica desesperación— y escogía de la pila, para vestirme en el nuevo día, las que le parecía que peor combinaban, como si en la discordancia, o en la tosquedad, reafirmara su poder.

Mi madre salía a trabajar durante el día y en las noches lloraba hasta quedarse dormida, pues sabía que yo quería más a mi abuela que a ella. Me veía dormir feliz sobre la barriga (y tendría que decir entonces: no es que yo recuerde, como dije antes, dormir sobre esa barriga: es mi madre que me lo ha contado tantas veces), mientras que si ella me cargaba yo empezaba a llorar. Mi padre intentaba consolarla; le decía que era imposible, antinatural, que un hijo no quisiera a su madre. Que el niño estaba acostumbrado a la abuela porque con ella pasaba todo el día, pero que la costumbre y el amor no eran lo mismo. Después la abrazaba y se quedaba dormido. Ella no esperaba ningún consuelo de él. Se conformaba con poder decirle lo que sentía, saber que él sabía de su tristeza y entonces no ser una desconocida en esa casa. Decir la tristeza era lo opuesto a la soledad. Después se clavaba en el pensamiento de que en una casa donde nadie la quería, su hijo había aprendido también a no quererla. Abrazaba al hombre que dormía a su lado y esperaba el sueño, que tardaba en llegar. Del sueño se despertaba con ánimos, determinada a encontrar una casa nueva.

Puede ser que mi madre recuerde aquella época como la de más amor entre ella y mi padre. El amor, en esas circunstancias, se percibe mejor, pues en medio de la hostilidad le perteneces a alguien. La compañía era un refugio, una pared que se levantaba. Entonces podía pintar unos perros en la pared, aunque la casa no fuera suya. Todas las paredes eran suyas. Quizás eso he querido al contarle a un hombre sobre mi vida y mis secretos; cuando le dije el día y la hora en que nací, que perdí los dientes antes de tiempo, que lloré con mi madre y me enfermé de los riñones, que no sé de horóscopos ni entiendo del sol. Creí que al decirlo todo sobre mí, él creería verme tal como yo era, y se levantaría la pared: después del relato encontraría una casa. También por eso, por el relato y por vernos más unidos, por darnos más paredes, una noche le conté a Simón que en la Biblia estaban juntos nuestros nombres.

Yo no era un lector de la Biblia. Mi madre tampoco lo había sido, quizás por oponerse a su madre, que iba cada domingo a misa (rezaba, imagino, para que el marido dejara de tomar, o para que en una borrachera, accidentalmente, se muriera; entonces le confesaba aterrada al cura que había deseado la muerte de alguien). Nosotros, mi madre y yo, en cambio, no íbamos nunca a misa. Ni siquiera para pedir que mi padre volviera. Con frecuencia, eso sí, en la casa oíamos a Shakira decir en una canción: Pobre de Dios que no sale en revistas, no es modelo ni artista o de familia real. Supe después, en la universidad, que la Biblia era leída como un texto literario y que incluso había una clase, que después tomé, llamada Biblia: Mito y Poesía. Podía oírse en la facultad de Literatura a alguien asegurar que el Antiguo Testamento era el mejor; otra decía convencida: Mi texto favorito es el Cantar de los Cantares, y alguien más que se dejaba llevar por la emoción, y por las ganas de encajar, llegaba a decir, sin creérselo: ¡Amo a Dios! También después, como ellos, yo repetí: Es nuestro libro más importante, ahí está todo. Y parte de mí pensaba que era cierto, mientras que otra parte se avergonzaba en silencio de no haberlo estudiado, como lo habían hecho los que se graduaron de un colegio católico y asistieron durante años a clase de Religión, o los que, obligados por su familia, sí habían ido a la iglesia y tanto que hasta les había alcanzado para rebelarse y dejar de ir. Entonces mi infancia laica me pesaba, como me habría pesado, supongo, una infancia de devoción.

Leí partes de la Biblia por curiosidad y aún más por vergüenza. Si una vez había pensado, como ya escribí aquí, que era un adelantado a mi tiempo, de repente sentí que me había quedado atrás. Recordé, o más bien no pude recordar, la catequesis de la primera comunión, a la que asistí indiferente mientras inventaba telenovelas en mi cabeza. Recordé también, de la misma época, el miedo de tener que confesarle mis pecados a un cura. No quería contar que pasaba las tardes masturbándome y pensando en hombres, aunque no los imaginara muertos, como hacía mi abuela. Al final, no tuve que confesarlo, pues cuando me llegó el turno el cura hizo las preguntas: ¿Eres grosero con tu mamá?, ¿y con tus tías?, ¿ves mucha televisión?, ¿haces las tareas? Yo respondí con la verdad a todo y oculté mi verdad.

Por impresionar a Simón, leí los Evangelios, pues de las clases universitarias recordaba que Pedro el discípulo se había llamado Simón. Le conté que había sido un pescador que vivió a orillas del mar de Galilea, en Cafarnaúm. Cité el Evangelio de Juan, en el que se cuenta que Jesús vio a Simón y le dijo: Tú te llamarás «Cefas», que quiere decir «Piedra». También usé el Evangelio de Mateo: conté que allí se referían por primera vez a él como «Simón, llamado Pedro». Jesús hace el famoso anuncio: Tú eres

Pedro, y sobre esta piedra edificaré mi iglesia. Dije, entusiasmado, que el nombre «Pedro» llegaba para decirle quién sería en adelante, y que nombrarlo era darle un destino. Del encuentro de los dos nombres resultaba la piedra angular. Casi me volví un predicador.

Quise que Simón creyera que el encuentro de los dos, el escritor y el arquitecto, era el cumplimiento de ese anuncio, la existencia de la piedra sobre la que se edificaría, sobre la que se escribe un texto. Escribir es edificar, decía yo solemne, y entonces, para darme la razón y cumplir con el anuncio, durante esos días no paré de escribir. Simón tampoco había tenido una infancia católica, así que se impresionó, como yo había querido, al escucharme hablar de nuestro nombre y enterarse de que el discípulo se llamaba Simón Pedro, y no Pedro solo, como había creído hasta entonces. A mí me habría sorprendido que él supiera tan poco de su propio nombre si no hubiera disfrutado tanto enseñarle algo —y si yo mismo no me hubiera enterado del nombre apenas en la universidad—.

Leí los Evangelios para que él se convenciera de que, antes de conocerlo, yo lo conocía ya. O para decirle que conocía su nombre, que es lo mismo y es mayor, pues un nombre es un destino.

Simón Pedro fue un solo nombre y fue también la misma carne. Cuando ya Simón se había ido a los Estados Unidos, yo volvía a leer la Biblia para buscarnos, y pensaba en las tardes que habíamos pasado en el apartamento vacío donde entonces yo vivía. Recordaba aquel aire caliente y compartido que nos alcanzaba solo para decirnos «Simón» y «Pedro», sin saber ya quién era quién. Simón Pedro, de nuevo juntos, como estaba escrito en la Biblia. La piedra y la carne, la piedra blanda, la carne angular.

Decía que un nombre es un destino, pero ¿ser Pedro sería ser la piedra que se arroja o la roca inamovible?

Me he visto en ocasiones como la piedra que se queda, convencido de que, al ver mi obstinación, al que quiero volverá. Una piedra es la imagen de la espera. Podría decirse «Él espera como piedra», o, para darse ánimos, «No te preocupes: más han esperado las piedras».

La arquitectura ha sabido construir ciudades de casas, castillos y rascacielos. Cada edificio ha sido hecho de piedra sobre piedra. Esas construcciones han sido una visión materializada, una imagen que se ha hecho concreta, de concreto, como ocurre también con los textos: una idea, una imagen, que sucede palabra tras palabra en el texto, que busca la permanencia. Se escribe para que algo exista en el mundo; para que algo se quede y no pase como todo en el tiempo pasa. También por eso se hacen canciones. Algo se pierde, la incertidumbre en la que todavía todas las formas son posibles, y algo se gana: construimos casas con la ilusión del descanso. Pero una construcción es susceptible al derrumbe. Puede suceder, como suele decirse, que no quede piedra sobre piedra.

Una vez escribí para Escorpio: «Has mostrado que no eres de piedra y has sido la piedra dura también. No has visto —no has dejado ver— la verdad que guardas: la piedra blanda, el corazón». También sobre el corazón puede construirse, pero de sostener tantas piedras duras el corazón se agota. Nada duradero se sostiene solo en el corazón.

Si un nombre es un destino, Pedro es la piedra sobre la que se edifica y es también el que niega tres veces. La negación de Pedro: ¿me queda mal a mí decir que tal vez sea una mayor muestra de amor? Amar y no decirlo, sufrir dos veces, por el amor perdido y por tener que ocultarlo. El esfuerzo sobrehumano de callar, los dientes apretados de la vergüenza. Dice una canción que los amores cobardes nunca llegarán al cielo, y es Pedro el que ahora, en el mismo cielo, les niega la entrada.

Otra vez escribí para Escorpio: «También tú querrías saber hablar, pero cómo aprender, qué hace falta, si las palabras ya las conoces. ¿Es saber decir o es saber entonar? Es darle a cada sílaba su tiempo, encontrar el ritmo —la voz—, pero voz también hay: es mostrarse, como hacen las piedras a la luz». Quería ser una piedra que dejara entrar la luz. Una piedra para la que hablar resultara menos laborioso.

Por no negar, me oigo decir tres veces «Simón», y aunque lo digo convencido, sé que es un llamado y no una afirmación. Es insistir. Le digo que aquí estoy, pero no oigo que él diga mi nombre de vuelta. Dejo de ser un predicador más y me veo con orgullo, después de mi exclusión del saber católico, convertido en un papa que oficia una misa en la basílica vacía, rodeado de las más hermosas piedras. El primer papa fue Pedro —Simón Pedro—, y la basílica es suya: allí están, entre la tierra y el mármol, sus restos.

Un día le dije a Simón que iba a escribir un libro y que el libro sería sobre él. Le dije que en realidad no era sobre él, pero que casualmente él también se llamaba Simón. ¿También como quién?, preguntó. Como nosotros en la Biblia, ¿te acuerdas?

Yo había decidido acatar la señal que me daba el mundo, digamos el destino, y aprovecharía que el hombre para el que quería escribir se llamaba como también se había llamado Pedro. Quería escribir sobre él, sí, pero le aclaré que si no cambiaba su nombre no era por un apego absurdo o cursi a los hechos, sino porque veía posibilidades narrativas en la coincidencia bíblica. A veces la vida es así de generosa. Si te llamaras de otra forma seguramente te cambiaría el nombre en el texto, le dije, pero pensé, y no le dije, que si se llamara de otra forma necesariamente habría sido otro, y a lo mejor no nos habríamos cruzado. Si decidí escribir fue porque la realidad, a través de su nombre, me lo impuso. A la noticia de mi libro reaccionó con entusiasmo, pues admiraba mi escritura y lo emocionaba la idea de verse en ella. A mí me gustaba que a él le gustara leerme y le mostré los textos que escribía. Después se fue y no volví a mostrarle más. En su partida no nos hicimos ninguna promesa, salvo que cuando yo terminara de escribir, lo dejaría leer.

Leí la Biblia y vi aparecer a otros simones, de los que no quise contarle, por no debilitar mi relato sobre Simón Pedro. Ahora que él se ha ido, puedo incluirlos. Podría ser que él fuera uno de esos, en los que entonces no me fijé:

Simón el Cananeo, uno de los doce apóstoles, de cuya historia no se dice nada. Es saberlo presente sin llegar a conocerlo. Es solo conocer su nombre. (Nunca supe qué música ponía Simón cuando estaba solo en su casa, ni podría decir cómo prefiere los huevos del desayuno).

Simón el leproso, que recibe a Jesús en Betania. Lo hospeda antes de su muerte y le da el refugio temporal donde es ungido.

Simón el curtidor, que también ofrece su casa, pero no a Jesús, que ya ha muerto y ya ha resucitado, sino al mismo Simón Pedro. Un Simón recibe a otro para que este transmita el mensaje de Dios y haga milagros en el pueblo.

Simón de Cirene, que lleva la cruz de Jesús hasta el lugar donde será crucificado. No permanece con él, ni puede evitar su muerte, pero lo ayuda en el camino con la carga.

Simón el mago, que impresiona a la gente de Samaria con su magia y ofende a los apóstoles al tratar de pagar por el don de transmitir el Espíritu de Dios. Su error es creer que puede comprar la gracia.

Simón Iscariote, el padre de Judas.

Como una carta astral, conformada por varios signos, Simón podría contener a varios de los que habían llevado su nombre: al hospitalario y al desconocido, al mágico, al equivocado y al efímero.

Fui llamado Pedro Carlos y nací en la madrugada de un sábado de noviembre en una ciudad donde el mar y el río se encuentran. Recibí el nombre de mi padre y el nombre del padre de mi madre: fui el punto de encuentro, la desembocadura, de los dos hombres que me antecedieron. Unas horas antes del nacimiento, mi madre había estado con mi padre en la casa de mi abuela paterna, donde entonces vivían. Ella sintió el antojo de comerse un perro caliente, y ambos salieron a buscarlo, tarde en la noche, en cualquier esquina (no, me corregirían: no en cualquier esquina, sino en una esquina exacta, donde vendían los mejores perros calientes y hasta donde fueron en un bus porque no alcanzaba para el taxi). Mi madre cuenta la historia y agrega siempre que el parto se anunció como un simple dolor de estómago que imaginó relacionado con el perro caliente y una posible indigestión. Seguía alejada de sus padres, sobre todo de la madre, por ser a quien más quería de los dos y cuya reacción al embarazo más le había dolido.

Esa madrugada salieron con mi abuela paterna hacia la clínica, mientras que las hermanas de mi padre seguían durmiendo. A mi abuela la despertaron las voces nerviosas en el corredor y quiso ir a esperar al niño nuevo. La mayoría de sus hijos ya le habían dado nietos, pero ella conservaba la emoción de los nacimientos. Además, se decía que mi padre era su hijo favorito, pues había recibido el nombre del padre de ella sin ser el primero ni el último de los hijos. Era también el nombre de su hermano más querido, al que ninguno de los sobrinos alcanzó a conocer porque a los veintiséis años, por huir de un mal amor, aquel Pedro se despidió y cruzó la frontera hasta Venezuela (un vallenato de moda decía «Yo me fui pa' Venezuela decepcionado de Valledupar»: tal vez, como yo, él amaba las canciones). Después, solo enviaba telegramas con el mensaje «Extraño silencio», y así quienes recibían su mensaje —las hermanas y la madre; el padre nunca había vivido con ellas: también él había sido un Pedro que se fue— entendían que él estaba extrañado porque nadie le escribía. El extrañamiento, sin embargo, no le alcanzaba para contar nada sobre su nueva vida —o lo que no alcanzaba era la plata para pagar por más palabras en el telegrama—, y ellas, que en principio enviaron mensajes preguntando cómo estaba, nunca recibieron una respuesta que no fuera los extraños silencios sucesivos, que llegaban cada cierto tiempo desde distintas ciudades venezolanas.

Yo sería el nuevo Pedro en la familia, con lo que empezaba aventajado en la carrera de nieto favorito. Mi madre imaginaba que, con el parto y el nieto, la relación entre ella y su suegra mejoraría. El recién nacido haría que dejaran de importar sus diferencias y, además, cuando hubiera crecido lo suficiente, ella podría volver a trabajar. Entonces no pasaría ya tanto tiempo en la casa, lo que a su parecer había contribuido al desgaste de la convivencia entre las dos. En cualquier caso, si la relación no mejoraba, con el hijo en la casa se sentiría menos sola.

Fui un bebé saludable y, le encanta contar a mi madre, lloré mucho muchísimo al nacer, lo suficiente para llamar la atención de las enfermeras, que estaban acostumbradas a ver partos cada día y que decían que no recordaban haber visto a un bebé llorar tanto y con tanta entrega. También sé que el parto fue natural, y que en mi salida la cabeza rompió a mi madre, por lo que después del parto tuvieron que suturar. En esa herida y esa cicatriz quedó sellado el vínculo entre ella y yo, nuestra separación. El abuelo del que recibí el segundo nombre llegó borracho, cuando yo ya había nacido, y nadie supo si se había emborrachado por celebrar el nacimiento del primer nieto, o si la noticia lo encontró así, como solía estar de todos modos en la madrugada de cada fin de semana. La madre de mi madre no llegó.

En la familia de mi padre, por quererlo a él, me dijeron desde siempre «Pedrito» y, por no tener ningún aprecio por mi abuelo materno, olvidaron el segundo nombre. Del lado de mi madre, a quienes sí les importaba, hasta las ilusionaba, que hubiera un Carlos nuevo en la familia, me llamaron siempre con ambos nombres. A mí me avergonzaba esa combinación, Pedro Carlos, que me parecía forzada y que dejaba ver la ansiedad de una familia por permanecer en el tiempo a través de los nombres, aunque eso costara la sonoridad.

Pedro Carlos: dos nombres bisílabos, con sendas erres en el medio; la primera como una roca, la segunda como un freno. Ese sonido rudo, áspero, que dicho una vez tiene elegancia y fuerza pero que repetido resulta torpe (ya empieza a parecerte torpe esa repetición de erres en las últimas palabras de la frase anterior). Puedo seguir: dos nombres graves, sin tilde, hechos solo de vocales abiertas y que terminan con la misma vocal. Demasiadas coincidencias. Es casi como llamarse Pedro Pedro o Carlos Carlos, y no hay ritmo ni encanto en esa redundancia. Se me ocurre que el único nombre que suena bien repetido es José José. Se me ocurren también otros nombres que van mejor con Pedro, que hacen una mejor distribución de las vocales y los acentos. Pedro Nicolás, por ejemplo.

Mi nombre además mostraba que veníamos de un pueblo y no de la ciudad. En el pueblo en el que vivían mis abuelos, y en el que creció mi madre, ya había un

Pedro Carlos, que había sido alcalde hacía años y que cuando nací se dedicaba a enseñar. Era un personaje conocido, un político y maestro querido por todos o por muchos, y mi familia, como la mayoría de las personas de allá, estaba acostumbrada a oír su nombre. Entonces no les pareció raro llamar al nuevo niño así, con un nombre que, por costumbre, les sonaba natural. De allí que mi madre se extrañara ante las reacciones que despertaba en algunas personas mi nombre completo. «Nunca había oído esos nombres juntos», decía algún imprudente en la ciudad, y ella que nunca trataba de evitar las situaciones incómodas, insistía en que el nombre era común y que el extraño debía ser su interlocutor. Yo nunca quise decirle que, además de nuestra familia, y de la gente del pueblo donde ella y yo no vivíamos, nadie había oído antes ese nombre y que, sin el engaño de la cotidianidad, las personas podían oírlo tal como era, extraño y burdo. Si yo lo supe desde niño, fue porque la mayor parte de mi infancia la pasé en la ciudad, y el nombre del alcalde Pedro Carlos pocas veces lo oí. Oía, en cambio, a mis compañeros del colegio reaccionar cuando, al comienzo del año, decían los nombres de la lista de estudiantes. Veía también en la profesora mal disimulado el desconcierto que los niños no se preocupaban por ocultar. Yo entonces, al final de la clase, me acercaba a la profesora y le pedía que me llamara solo por mi primer nombre. Así, el resto del año, ella y mis compañeros me llamaban Pedro y alcanzaban a olvidarse de mi segundo nombre. Tan bien lo olvidaban que, al volver de las vacaciones de fin de año, volvía a oírse el nombre completo cuando el profesor del nuevo año llamaba a lista y el salón entero volvía a asombrarse: cómo así que Pedro se llamaba Pedro Carlos y no Pedro. Ellos me reclamaban por no conocer mi segundo nombre, como diciendo que en realidad no me conocían, y yo me sonrojaba y sentía culpa y miedo de que ellos en ese instante entendieran que, en realidad, no sabían mucho de mí.

Quise ser Pedro Carlos cuando publiqué por primera vez un texto. Ya vivía en Bogotá, y la editora de Cultura de El Heraldo, el periódico barranquillero, me invitó a escribir sobre Fernando Molano a propósito del aniversario de su muerte. Yo sabía de Fernando Molano que era un escritor bogotano gay, que había muerto joven y que había escrito pocos libros sobre hombres que amaban a otros hombres. De *Un beso de Dick*, su primera novela, se hablaba mucho. Se hablaba, sobre todo, de que no se conseguía en librerías —no estaba reeditada y los ejemplares de las ediciones anteriores que habían terminado en librerías de usados ya estaban agotados—. Se decía también que entre los jóvenes —los hombres jóvenes gays, quiero decir— circulaban fotocopias de la novela. No recuerdo si para entonces ya conocía a algún hombre gay en la universidad, pero sé que no había visto nunca las famosas fotocopias. Emocionado acepté el encargo, sin aclarar que no lo había leído, y leí los libros en la biblioteca de la universidad, afanado, para alcanzar a escribir en el plazo. Disfrutaba, además, al decirme que tenía un plazo y también una editora que me esperaba, y que incluso se molestaría si no llegaba mi texto a tiempo. Supongo que la editora había leído mis publicaciones en redes sociales, sabía que yo estudiaba Literatura y es probable que intuyera que era gay cuando yo no le había contado a nadie, o que considerara que, gay o no, Molano era un autor sobre el que yo podría escribir. Ya me había pasado en el bachillerato que una profesora, en un discurso sobre la inmadurez general de los estudiantes, dijera que, para una ponencia sobre la homosexualidad (y me pregunto ahora qué asignatura enseñaba y en qué consistiría esa ponencia: ¿La historia de la homosexualidad y su lucha social?, ¿Mitos y verdades sobre el gay?, ¿Homosexuales célebres?), sabía que contaba con pocos estudiantes que fueran tan maduros para hacerla. Lo haría Pedro, por ejemplo, dijo delante de todos, y yo asentí, bajé la mirada y temí que los demás supieran que si yo era capaz de hacer esa exposición no era por mi madurez sino porque también yo deseaba a los hombres. En fin, mi artículo, sobre el deseo como estímulo de la escritura, salió publicado en El Heraldo, y le pedí a mi padre, con fingido desinterés, que comprara el periódico y me lo mandara. No lo decía, pero me ilusionaba ver mi nombre impreso. A mi padre lo entusiasmó también ver su nombre en el periódico. Me contó, entre risas, que esa misma mañana lo había llamado un amigo para felicitarlo por el texto. Su amigo agregaba con sorpresa que no sabía que, además de todo, escribía sobre literatura (y lo más probable era que no hubiera leído ni una palabra del artículo, pues más se habría extrañado de que el Pedro que conocía escribiera sobre libros en los que unos hombres deseaban a otros). Mi padre empezaba a ser reconocido en la ciudad, pues trabajaba para el Gobierno y su nombre sonaba entre los posibles candidatos de las siguientes elecciones. El entusiasmo de mi primera publicación se acabó con la posibilidad de la confusión, pues entendí que no era mi nombre, sino el de él, solo Pedro, el que estaba allí impreso. Esa tarde cambié mi nombre en las redes sociales y en adelante me presenté como Pedro Carlos. Para hacerme un nombre, volví a darme el nombre que me había dado mi madre.

Escribo la historia de un amor y una separación, la historia de ella y mía, y lo hago para decirle a ella que entiendo lo que nos pasó y que querría acompañarla. Pero ningún párrafo es compañía, y si los ojos de mi madre se humedecen al leer estas páginas es porque nota que, a pesar de los esfuerzos, las palabras no reparan. Al final, solo quedan un libro y el nombre que firma. Quiero decirle que es el nombre que ella me dio y que el libro es para ella, pero sé que es pura vanidad y también que es poca cosa.

Escribo la historia de un amor y una separación, la historia de él y mía, y lo hago para decirle a él que entiendo lo que nos pasó y que me dio un nombre nuevo. Las historias de amor acaban, pero de ellas queda un nombre: a mi madre le quedó Pedro Carlos, y a mí me quedó Simón Pedro.

El niño vive en la casa de su abuela paterna, donde antes ha estado, con personas a las que antes ha visto, y sabe que no es su casa. Incluso vivió allá antes, cuando todavía no le había crecido la memoria y compartía un cuarto con sus padres. Lo sabe porque su madre se lo ha dicho antes de dejarlo allí: Acá fue el primer lugar donde vivimos con tu papá, acuérdate de los dálmatas en la pared, de tu abuela que te adora, de tus primos. Acá estarás con tu padre mientras nos entregan nuestra casa, acá estarás con tu familia. Pero el niño sabe que ella solo lo dice para que él se sienta tranquilo, y él, para dejarla tranquila a ella, hace como que le cree. Incluso deja el recuerdo entrar en la memoria: los dálmatas en la pared, la barriga de la abuela sobre la que solía dormir. Ambos sonríen y se despiden con un beso. Ella le entrega una foto de los dos, abrazados en un parque. Ambos saben que no es su casa.

La casa es de la abuela, y en ella hay espacio suficiente para recibir a los hijos que se han ido de la casa y deciden volver: es la casa de la madre. El niño sabe que no es su madre, y él no ha decidido volver, pero de todos modos ahí está. Duerme con un primo y con la tía, la madre del primo, en una casa que ella construyó afuera, en el jardín, cuando supo que estaba embarazada y que no viviría más con el padre de su hijo, que tenía ya otra mujer que también estaba embarazada y con la que haría —con ella sí— una familia. El hijo es la adoración de la tía, lo único que le queda del primer hombre al que amó, y algo de esa adoración reverbera sobre el niño. Con parte del amor que tiene para su hijo, ella lo despierta, lo viste y lo peina en el nuevo día, para que vaya al colegio, y también, con la poca plata que gana, les compra juguetes idénticos a ambos para evitar que el niño use los del primo. Ya no hay dálmatas en ninguna pared, pero en la pared de la habitación que comparte con el primo hay un afiche de Belinda, una niña actriz mexicana que también es cantante y que protagoniza una telenovela que les encanta sobre dos hermanas gemelas que son separadas al nacer y que de adolescentes se enamoran del mismo joven. Ven juntos, el niño y el primo, la telenovela, y el niño se aprende las canciones que Belinda canta, mientras que el primo, que es algunos años mayor que él, insiste en que solo la ve porque está enamorado de la niña. Ninguno de los dos sigue la trama.

El primo tiene un computador en el que guarda decenas o cientos de fotos de Belinda, y a veces se las muestra al niño, sin contarle de dónde las saca. Allí está ella vestida de tantas formas. En algunas sale con traje de baño, faldas y tops, y en otras se viste con chaquetas, bufandas y gorros. Casi siempre mira a la cámara, y nunca se ve ningún paisaje; todas las fotos han sido tomadas en un estudio y ella se viste para todas las temperaturas. Los pisos térmicos, le han dicho hace poco en el colegio que se llaman. Su país los tiene todos, dijo la profesora mientras mostraba el dibujo de una pirámide que era amarilla y caliente en su base, junto al mar, y que iba azulándose hacia arriba con el frío. En la cima el azul cedía al blanco, pues había nieve, y el niño alcanzó a sentir cierto orgullo, pues no sabía que encontraría nieve en su país. En el colegio han fomentado ese orgullo: Este es el único país tan diverso que tiene todos los pisos térmicos, dijeron. El mayor de los orgullos es la Sierra Nevada de Santa Marta, ubicada a dos horas en carro de Barranquilla, donde vive el niño. Hay que saber asombrarse: es el sistema montañoso más alto en el mundo al nivel del mar. El ejemplo perfecto de los pisos térmicos, desde las playas calientes del Tayrona hasta los glaciares bien arriba. Entonces el niño se ilusiona creyendo que si en efecto es el único país con esa variedad, Belinda, que se ha vestido para todas las temperaturas, ha de estar cerca. El primo le explica que Belinda no tiene nada que ver con los pisos térmicos y que se viste diferente es según la estación del año, que son cuatro y que no llegan al país donde viven, pero sí hasta donde ella está. No hay duda: la única forma de verla será viajar hasta México, donde a menudo hace conciertos. Mientras tanto, sigue sumando fotos a su colección. Ese es su tesoro, su lugar de adoración. El niño siente envidia de que el primo tenga tantas fotos de ella, y al saberla tan lejos más urgencia siente de verla. En el fondo, envidia la pasión del primo, pues sabe que él no guardaría tantas fotos de nadie. Tiene la foto con su madre, abrazados en un parque, que solo a veces se acuerda de ver.

A la tía le preocupa esa fijación en la que ahora vive su hijo con la protagonista de la telenovela. Le parece que un varón debería idolatrar a jugadores de fútbol o incluso, Dios no la oiga, a cantantes de rock, pero no a una jovencita que canta y baila y actúa en cada capítulo con un peinado diferente, pelos de colores y ropa que nunca se pondría nadie de verdad. Entonces, cada madrugada, antes de despertarlos para ir al colegio, rompe un poquito la esquina superior del afiche, y cada día crece el maltrato, la grieta en la pared, a un ritmo casi imperceptible. Allí está la actriz con un vestido fucsia, unas medias de rayas y unos Converse negros, señalando hacia la cámara, con el índice dirigido a quien la ve. La tía se ve señalada cada mañana y no le importa: Prefiero acabarte, mijita, que tener un hijo maricón, le susurra, y luego sigue a despertar a los niños.

Tiene un antecedente su preocupación. Uno de sus hermanos, el nene de la casa, el pechichón, el consentido, se fue a vivir a la capital, y dice el rumor que allá se volvió gay y hasta vive con un hombre —o con varios, según quien cuente el rumor—. Por eso no visita casi a la familia ni ha presentado a ninguna novia. Ella cree que en realidad se había vuelto gay desde antes de viajar, que todo pasó allí en las narices de la casa entera y que alguien podría haber detenido a tiempo la influencia de Madonna y Daniela Romo. Otro antecedente. La sobrina intelectual, la bohemia. Se fue becada a París y dicen que allá lo mismo se acuesta con hombres que con mujeres. En ese caso la tía no está segura de cuál influencia debían detener. La de los padres, se imagina, que igual de bohemios fueron, que militaron en la Unión Patriótica, que siempre hablaban de cosas extravagantes — filosóficas, diría ella despectivamente— como la libertad. Pues así les va. Uno más: otro de sus sobrinos, que a escondidas juega con muñecas. Se las ha comprado la madre, en parte porque la avergonzaba que les pidiera prestadas las muñecas a las primas, en parte porque ha visto lo feliz que es el niño en el juego. La mujer se lo ha contado entre lágrimas, y ella le ha dado un consuelo cualquiera —«Ay, ya se le va a pasar, así son los pelaos de hoy en día»—, mientras pensaba que ni por equivocación le habría acolitado esa maricada a su hijo y que en su lugar le habría comprado un casco y un martillo para que jugara al constructor. Hasta jugar a ser narco le habría parecido mejor. Lo que hay es antecedentes en esta familia. Será que viene en la genética, se pregunta una madrugada, unos minutos antes de despertar a los niños para otro día de colegio, incapaz de seguir durmiendo. Será, sigue, que uno de sus antepasados —el padre de la madre, por ejemplo, a quien nunca nadie conoció— se dejó inocular aquella condición en alguno de los viajes que hacía (después de todo, fue en uno de esos viajes que dejó embarazada a la abuela). Podría venir, en realidad, de cualquier pariente desconocido. Uno ni sabe de quién es familia: familia es cualquier aparecido, se dice frustrada. Entonces recuerda que incluso del hijo de la empleada de servicio, que se crio en esa misma casa —donde nunca hubo abundancia, pero, diría ella satisfecha, siempre se lo trató como a un sobrino más—, se comentaba que frecuentaba bares y residencias con hombres mayores que él. Es porque no tuvo papá, decía otra. Seguía un lamento profundo: Es que hasta el recogido nos salió volteado. Sería que ya estaba toda Barranquilla inundada del gen. O que vino de España: que lo trajeron los conquistadores, a los que ella en todo caso agradecía porque si no hubiera sido por ellos, seguiría en taparrabos y descalza. Algo malo debían tener. Solo quedaba estar atenta a las señales y actuar oportunamente, y con esa conclusión estaba lista para levantarse y romper el afiche un poco más.

Cuando los niños vuelven del colegio, la tía sigue afuera trabajando, y ellos corren a mirar un nuevo episodio de la telenovela en el Canal de las Estrellas. El niño está ansioso durante la hora completa, a la espera de que suene alguna de las canciones, mientras que el primo solo la observa a ella: comenta si la ropa le queda mejor o peor que en el capítulo anterior, dice algo sobre el peinado, se lamenta si la ve llorar en la pantalla. Después se quitan el uniforme del colegio y, sofocados, con el día encima, se meten a bañar juntos. Juegan a abrir la boca bajo el chorro de agua y luego se escupen el agua recogida. También le enjabonan la espalda al otro, allí donde las manos propias no alcanzan a llegar. A veces ya están casi listos para salir, y entonces uno vuelve a escupir, lo que hace que el otro escupa de vuelta y que empiecen las risas y el baño de nuevo: nadie quiere quedar cubierto de babas al final. Una tarde la madre llega temprano del trabajo y los encuentra en el baño; desde afuera oye las carcajadas. Esa misma tarde, el niño oye a la tía prohibirle al primo que vuelvan a bañarse juntos. Tú eres más grande que él y ya deberías saber que eso no está bien, dice. A la mañana siguiente, cuando ya están listos para salir al colegio, la madre se detiene frente al afiche. Ya esto está muy feo, hijo: mira lo arrugado y roto que está, ¡ya casi se cae solo!, grita. El hijo se acerca y ve que la madre tiene razón, y ella, sin dejar ver su alivio, lo arranca de la pared.

Otra cosa hacía mi abuelo, que no tenía propiedades ni trabajo, que solo se emborrachaba. Otra cosa legó.

Mi abuelo era poeta. En el pueblo en el que vivía, participó en un grupo de jóvenes rebeldes que, sin ideas y con aires de revolución, quisieron negarse a conseguir un trabajo estable e imaginaron que era posible vivir de la poesía. Fueron los responsables del primer disco que llegó a Baranoa de los Beatles, fumaban marihuana, practicaban el amor libre; escandalizaban, con poco, a sus madres y a las madres del resto. Con el tiempo los demás intuyeron que de la poesía no podía vivirse así que decidieron seguir estudiando y se dedicaron a los oficios convencionales que antes habían despreciado. Empezaron a tener hijos con mujeres a las que creían amar, olvidaron el amor libre —escogieron la infidelidad—, y la imaginación de una vida de poesía quedó sepultada bajo las labores prosaicas del mundo. Supieron construir con resignación y cariño la vida que ya estaba anunciada para ellos. En algunas tardes, sentados en la sala de la casa que con esfuerzo habían armado, se les aparecían imágenes de aquella vida bohemia y olvidada, y entonces ni siquiera eran capaces de cantar las canciones que antes habían adorado, y acumulaban resentimiento contra sus esposas y el mobiliario y el techo con los que se habían conformado.

Mi abuelo se mantuvo en su propósito de vivir de la poesía y, cuando se quedó sin amigos poetas, encontró la compañía de un grupo de hombres que también pasaba los días en la plaza del pueblo. Ellos no tenían ningún interés en la literatura, pero cumplían con no tener trabajo, y entonces el vínculo, que antes había resultado de cierta inquietud creativa, de la incomodidad, pudo remplazarse con el alcohol. Las ganas de beber los unían.

Sin que yo hubiera leído ninguno de sus poemas, el día en que escribí un cuento por primera vez oí decir: Va a ser como su abuelo. Yo crecía en casas en las que no había libros ni nadie leía, y la vocación de la escritura parecía no tener ninguna otra explicación que la herencia de mi abuelo, el poeta, que tampoco tenía libros pero sí ganas de escribir. Dijeron también que no solo era herencia de mi abuelo, sino de toda su familia, pues entre sus tíos y primas se contaban otros escritores. También otros borrachos. Yo empezaba a escribir y me negaba a reconocer la influencia de un abuelo al que no quería (pues sabía que mi madre no lo quería y a lo mejor temía que, por la inclinación poética, ella fuera a quererme menos), pero tampoco encontraba otra razón con la que explicar mi escritura. Ya no recordaba la necesidad de escribir el libreto de las telenovelas y las canciones que las acompañaban, el temor a que alguien me encontrara hablando solo. Mi madre y mi abuela, sin decirlo, se enorgullecían de ver en mí algo de aquel hombre frustrado. Yo era la nueva oportunidad, y quizás alcanzaron a pensar que todo lo malo se justificaba ahora que había un nuevo escritor en la familia.

Cuando en la adolescencia empecé a tomar alcohol, como toma cualquier adolescente y también un poco más, la posibilidad de ser como mi abuelo se convirtió en signo trágico. Mi madre dijo: Serás como él. Me opuse a su declaración, y me pregunté por qué, si ser como mi abuelo era lo peor, ella había decidido darme como segundo nombre el de él. La desembocadura. Con infinito amor, ella me había dado los nombres del hombre amado y el hombre odiado.

Tal vez en un intento por hacerse hija de su padre, también ella quiso escribir una vez. Asistía a un curso de redacción que le exigían hacer en la empresa en la que trabajaba, y al empezar a redactar sintió el impulso de narrar. Pensó en una escena: una mujer está en el funeral del padre de su mejor amiga. Desde lejos alcanza a ver a su amiga y la ve llorar sin consuelo mientras recibe descompuesta las palabras que tienen para ofrecer las personas cercanas. La mujer se conduele por la amiga, y a la vez se distancia de la escena —encuentra la frialdad de la escritura— y piensa si ella sentiría lo mismo si el muerto fuera su padre. Entonces, la mujer recuerda cómo fueron su infancia y su adolescencia, la atormentada vida con el alcohólico, el cielo negro. Camina hacia la amiga, pues se da cuenta de que es su turno de ofrecer consuelo, el tan sentido pésame, y mientras lo hace entiende que si el padre muerto fuera el de ella, no lloraría ni le haría falta ser consolada. Se pregunta si sentiría placer, una alegría obscena, o si solo le quedaría un desabrido alivio. Tal vez no sentiría nada. Le gustaría tener la respuesta, pero el padre aún vive.

Pienso en esa historia que no ha escrito mi madre. Supongo que no lo ha hecho porque la fantasía de la primera escena todavía no se cumple. El padre no ha muerto. Se me ocurre que, más que la escritura, quería el estímulo: más que imaginar cómo se sentiría la muerte del padre, quería saberlo: quería escribir desde esa ausencia. Así me he relacionado con los hombres a los que he creído amar. He puesto en ellos el estímulo de la escritura y, más que imaginar que podría amarlos, que con la imaginación sola tal vez no me alcanzaría, los he amado. En ese amor, imaginado y real, he encontrado el texto. A esos hombres no los he querido muertos, pero he sabido quererlos, y escribir para ellos, cuando han estado ausentes. Me he dicho que si leyeran lo que escribo, volverían. Pero después de escribir he dejado de esperarlos, pues me he sentido satisfecho con el texto que me dieron, listo para volver a enamorarme y escribir de nuevo.

En la casa nueva sin el padre reciben pocas visitas. Es un mundo de los dos, y cada vez entienden mejor que cada uno tiene su rutina. En ocasiones sus rutinas se encuentran, y son felices de tenerse —se abrazan, se dan besos, se acompañan—, pero también saben que hay cosas que prefieren hacer en soledad. Entre semana, el niño va al colegio, y cuando vuelve se sienta en la sala a escuchar en la emisora canciones de amor. Radio Tiempo se llama la emisora que le gusta, y todas las tardes suenan las mismas canciones. El niño se las ha aprendido y las canta, algunas veces hipnotizado, sin pensar en las palabras que dice, y otras veces con auténtica aflicción. A su edad se sabe tantas letras de canciones que es un milagro que todavía sepa hablar.

Más tarde, la madre prepara la comida y entonces canta ella. Cantan juntos, pues las canciones de la emisora y las canciones que canta la madre a menudo son las mismas. Él la ve cocinar y le parece que ella cada día está mejor; no diría que más feliz, sino más cómoda, instalada en la tristeza. Cuando la comida está servida se despiden. Han aprendido a convivir y también a comer cada uno en su cuarto, pues les gustan programas de televisión diferentes.

Los fines de semana el padre va a la casa nueva para ver al hijo. El niño se despierta temprano, acostumbrado a madrugar para ir al colegio, y pasa la mañana junto a la madre, que también desde temprano prende la radio y hace el aseo de la casa. El sol del mediodía brilla afuera, caliente, y la madre, que ve la ilusión en la cara del niño, pues ya empieza a esperar al padre, le dice: Ese es sol de agua, así que no te emociones, que ahorita arranca a llover. Quiere que entienda que con la lluvia el padre no podrá llegar. Quiere, en realidad, evitarle la decepción, la espera que ella tan bien conoce, y entonces el resplandor de afuera, al niño, se le vuelve una imagen triste. Pero falla el pronóstico: no llueve, y el padre aparece, tal vez un poco retrasado, y trae películas para que vean juntos. El niño se pregunta si acaso el padre llega a la casa también para ver a la madre, si tal vez van a reconciliarse, pero las películas que el padre lleva son infantiles, y ella nunca las ve con ellos. Son películas que estuvieron hace algún tiempo en cine y que ahora se consiguen pirateadas en una calle a unas cuadras de la casa. Ven juntos *El rey león*, una película animada que ya había sido estrenada en cines cuando el niño nació, pero que el padre ha pensado, con una certeza inusual, que todo niño tendría que ver. En realidad, el padre tampoco la ha visto; solo sabe que los leones de la película fueron el tema de los cumpleaños de sus sobrinos hace algunos años, y fue la única que reconoció en la sección infantil del puesto callejero. Durante la película, se sorprende tanto como el niño cuando muere Mufasa, el rey león, padre de Simba, pero escoge ocultar su sorpresa y pasar por un padre que quería compartir algo que ya conocía con su hijo. Entonces lo abraza. El niño se conmueve y no alcanza a pensar en el día en que morirá su padre, sino que recuerda que ya no vive con él, y teniéndolo vivo al lado empieza a extrañarlo.

El padre no sabía que sería una película sobre un padre y un hijo, ni sobre la traición y la muerte: de haberlo sabido no se la habría mostrado. Ahora no entiende que sea considerada una película infantil y se preocupa por que tantos niños en el mundo la hayan visto y la sigan viendo. Alguien tendría que advertirlo. No le dice nada de esto al niño ni deja ver su preocupación; solo espera que la película acabe. Quiere que el niño sepa que él va más adelante, que estaba preparado para lo que iba a pasar y que está allí para consolarlo. Quiere que sepa que su padre lo ama. Pero el niño, en realidad, no necesita consuelo. Lamenta que la película se haya acabado, y lamenta, por supuesto, la muerte de Mufasa, pero ya se ha consolado él mismo al ver que al menos Simba y Nala se aman y están juntos al final. Incluso tienen un hijo, el próximo rey. Así es la vida, se dice solemne: la gente muere y el amor queda. Pero es falso que alguien se le haya muerto y también es falso que haya visto el amor quedarse. La película no tiene nada que ver con él.

Una vez la madre ve con ellos una película. Ella la ha escogido, y no es infantil. Es sobre la separación de una pareja. Michelle Pfeiffer y Bruce Willis no saben cómo contarles de la separación a los hijos, y mientras estos se van a un campamento de verano, los padres empiezan a dormir en casas diferentes; cuando los niños vuelvan les contarán. Al niño le parece que es la manera que tiene la madre de mostrarle que también a otros niños les ha pasado lo que a él, pero al final de la película, oh sorpresa, los protagonistas se reconcilian, pues separados recuerdan su historia juntos y entienden que se aman. El niño no sabe qué debe entender de la película, si al final no se separan, y se pregunta si al verla también los padres habrán recordado su historia y se reconciliarán ellos. La madre dice que solo quería ver esa película porque le encanta todo lo que hace Michelle. Antes, ella y el niño ya habían visto una película de suspenso, la primera de ese género que recuerda haber visto él, en la que Michelle tiene un marido y siente la presencia de un fantasma en la casa. Entonces investiga y descubre que el marido le ha sido infiel y ha matado a la amante, que ahora vuelve como espanto para alertar a la esposa. La película de suspenso es en realidad sobre la infidelidad, y a quien debe temérsele no es al fantasma, sino al hombre. El niño no dice nada, pero le parece que la madre se siente un poco Michelle Pfeiffer. Debe ser por eso que llama a la actriz así, Michelle, sin apellido, con una cercanía inventada.

Cuando se acaba la película, el padre se va, como cualquier otro día, sin importar que los protagonistas se hayan quedado juntos. En todo caso, se dice el niño, su padre no es nada parecido a Bruce Willis, que es muy blanco y casi calvo, así que no habría tenido sentido que se quedara. El padre, ha oído a la madre decir antes, se parece a George Clooney. A veces ven televisión juntos, madre e hijo, y lo han visto, a George, salvar vidas en una serie sobre médicos y también como Batman. Dice la madre que hay algo en la mirada, en los ojos más exactamente: seductores y dulces en igual medida. Y eso sin mencionar —pero lo menciona— el pelo tan negro y la barba siempre recién afeitada, que deja ver que tienen el mismo mentón. El niño observa a George Clooney en la pantalla y le parece que es verdad. También el padre salvaría vidas, piensa, si supiera cómo hacerlo.

Solo en una película ha visto a George Clooney y a Michelle Pfeiffer encontrarse. Ella es una madre separada, y él, un padre separado. Los hijos de ambos son compañeros de colegio. Un buen día, ella y él se conocen: han llegado tarde para el paseo escolar de los niños; ya no podrán asistir, así que deben ponerse de acuerdo para, por turnos, cumplir con su trabajo y cuidar a los niños. Primero se resisten y se irritan, pero pasa el tiempo y descubren que hacen un buen equipo. Al final del día, ya están enamorados. Esa es la historia que quiere el niño para sus padres, y le alegra que sea la historia de Michelle y George en la pantalla, pero se pregunta cómo se reencontrarían sus padres como padres separados —cada uno con su hijo— si el hijo que tienen lo tuvieron juntos. Tal vez ellos no sean Michelle Pfeiffer ni George Clooney. O tal vez haga falta buscarlos en otras películas. En todo caso, años después lee en una revista de chismes de la farándula que Michelle y George no volvieron a hablarse después del rodaje.

Al buscar una nueva casa en la que vivir, me fijaba sobre todo en la luz y las formas: en las ventanas y en cómo se iluminaba cada habitación. Era difícil encontrar una casa que me satisficiera, y no sabía si era porque los arquitectos en la ciudad donde vivía nunca se habían preocupado bastante por las ventanas, o si hacía falta que buscara un lugar más amplio para que tuviera más área para ventanas y, entonces, más luz. Imaginaba que las ventanas darían hacia todas las direcciones, y no se me ocurría que también de la luz necesitaría un refugio, un lugar donde resguardarme oscurecido, como lo habría querido un vampiro. O a lo mejor lo que buscaba era esa debilidad del vampiro expuesto a la luz, y quería que el debilitamiento y el desamor se me notaran en el cuerpo. Podía oír a algún amigo preguntar por mí, y al otro responderle «¿No lo has visto? Se mudó. Y te diría que está contento en su nueva casa, pero está más bien demacrado por la luz». Las ventanas dejarían que la luz llenara el espacio y también me dejarían a la vista de todos. Quería esa exposición, ese rumor sobre el vampiro que una vez amó y que, al quedarse sin amor, se dejó vencer por el sol.

En la búsqueda de la casa también tenía otros criterios, menos poéticos y más prácticos o caprichosos: quería que la estufa y el calentador funcionaran con gas, quería espacio para la lavadora que ya tenía, quería un piso de madera. La verdad, yo no tenía ni idea de cómo escoger una casa. Me iba de la casa en la que había vivido los últimos años, por la que no había pagado yo, y esperaba vivir en un lugar que fuera al menos tan cómodo como ese. Para entonces trabajaba como editor, y aunque cualquiera sabría que los salarios del sector no eran enormes, tenía cierta estabilidad. Veía apartamentos y después de visitar tres o cuatro durante el día, volvía desalentado al apartamento donde ya no quería estar. Los lugares que veía eran muy pequeños o demasiado oscuros o no podía pagarlos. Sentía que, como un niño, me había dejado llevar por una fantasía sobre la luz y el espacio que no me llevaría a ninguna casa, pues buscaba un lugar que existía solo en mi imaginación. Me decía que mejor sería reiniciar la búsqueda con nuevos criterios. Algunas noches hablaba con Simón, y él trataba de animarme. Me decía que buscar dónde vivir nunca era fácil, aunque que yo supiera él tampoco había buscado antes, y entonces yo, complacido, le contaba sobre los problemas de cada lugar que había visitado ese día, tratando de exhibir lo que había ido aprendiendo sobre el espacio. Otras noches no hablábamos, y yo alcanzaba a imaginar que no volveríamos a hablar nunca, y su abandono me dolía, pero también me absolvía de encontrar una casa nueva. Podía pretender que no lo había conocido, poco a poco volver a la vida como era antes y olvidar que una vez había querido mudarme.

Ver casas era como ser astrólogo. Durante esos días seguía escribiendo, sin mucho entusiasmo, el horóscopo (que podía ser semanal o quincenal, según tuviera un mensaje que darle a alguien —a Géminis— o a mí) y, ya que cada vez tenía más lectores, me esforzaba por no parecer un impostor. Sería impostor, me decía, como cualquier escritor podía serlo. Escribía esperando que los lectores entendieran que era una ficción y también con la ilusión de que allí encontraran algo sobre su vida. Por eso me alegraba cuando publicaba un mensaje que me parecía casi demasiado específico para mi amiga Libra o mi amiga Cáncer, y alguien, desprevenido, o generoso o compenetrado, me escribía: ¡Es exactamente lo que me está pasando! Pero decía que ver casas era como ser astrólogo no porque estuviera haciéndolo sin saber cómo hacerlo, sino porque al evaluar las casas lo hacía según la ubicación del sol.

Sobre las casas, lo primero era saber por dónde salía y por dónde se ocultaba el sol. Entonces sabría si le entraba la luz de la mañana o de la tarde y si podría sentarme, melancólico, a mirar el amanecer o el atardecer desde la ventana. La noche no me preocupaba, pues la encontraría extendida en cualquier dirección.

Supe por mi padre que también los planos se hacían según la ubicación del sol. Hacía tiempo él había dejado de ejercer como arquitecto, pero un amigo le había pedido que ayudara a su hijo con una tarea para la universidad. Estaba en segundo semestre de Arquitectura, y el profesor les había dejado la tarea de que llevaran el plano de la casa donde vivían. Mi padre revisaba el plano mientras el aprendiz se quejaba de que les exigieran a los estudiantes hacer a mano algo que ya podía hacerse en un computador. Yo, que visitaba a mi padre, le pedí que me contara más sobre los planos, y él reaccionó con entusiasmo, sin imaginarse que hacía la pregunta por otro hombre.

En los primeros semestres de la carrera lo importante es aprender a relacionarse con el espacio, entender las formas y las proporciones. Después vienen los planos, y hacer planos es, primero, observar, tratar de entender las líneas del mundo, dijo mi padre, con cierta poesía que era inusual en él. Y entre las líneas del mundo, lo primero es el trayecto del sol. Un arquitecto debe ser consciente del cielo bajo el que va a construir. Debe orientarse y ejercer según esa orientación. Si estás en el trópico, donde el sol, sin estaciones, varía poco, preferirás esconderte de él, por lo menos durante la mañana y hasta pasado el mediodía. Eso decía mi padre porque vivía en nuestra ciudad caliente, al nivel del mar, pero habría de ser diferente para los arquitectos que, también en el trópico, querían construir en ciudades sobre la montaña, donde tampoco había estaciones y hacía frío todo el año. Los pisos térmicos: ¿les dijeron en los primeros semestres de Arquitectura, como a mí en el colegio, que este país los tiene todos? Un arquitecto vive, más que nadie, bajo el cielo y en la tierra. Pertenece a sus coordenadas. Entre el cielo y el suelo, como dice una canción. Por eso mi padre no sabía decirme cómo construiría en los lugares donde los días no duraban lo mismo durante el año, cómo sería hacer espacios para la luz de invierno y las noches blancas de verano.

A partir del sol, se establecía la distribución de los espacios. Querías construir una casa: ¿sería más importante mantener iluminada la habitación principal, el estudio o la sala? ¿Cuáles espacios recibirían la luz de la mañana, cuáles la de la tarde y cuáles permanecerían oscuras? Se establecía una jerarquía, un orden espacial según el astro. De la casa que yo buscaba, ya he dicho, quería que fuera iluminada, sin saber hasta ese momento qué luz era más importante para mí. Prefería poder ver el atardecer, que era la hora en la que me sentía más nostálgico —por despedir la luz y, de ahí en adelante, por todo lo perdido—, y sabía que me interesaba cultivar esa nostalgia. Tomé notas mientras escuchaba a mi padre, que seguía en la sorpresa y también en el placer de verme invertido en un tema que hasta entonces había sido solo suyo.

Entre las pocas visitas que la madre y el niño reciben, a veces llega un hombre con el que la madre se va al cuarto. Es un hombre más joven que ella, musculoso, grande, que vive en otro apartamento del mismo edificio. Es entrenador en un gimnasio del barrio, y la madre se ve con él para ejercitarse y también para que él le haga masajes. El niño ve al hombre llegar y se saludan con una sonrisa. «¿Cómo vas, campeón?», le dice amable, sin acercarse, y luego sigue hasta el cuarto con ella. Al niño le gustaría verlo durante más tiempo. No le interesa hablarle, y nunca le ha respondido nada más que «Bien», pero querría observarlo. Lleva la ropa ajustada, una camisa sin mangas y una pantaloneta que le cubre la mitad del muslo. No tiene pelos en la piel, así que puede verse bien la forma de sus partes. Tampoco en la cabeza tiene pelo. Es el primer joven calvo que el niño ha visto —siempre son mayores los que están quedándose sin pelo, como ya le está pasando a Bruce Willis— y no le parece ridículo como habría creído. En cambio, le causa curiosidad; podría acariciar la cabeza rapada. El hombre nunca se detiene, así que cada vez que lo ve llegar, consciente de la brevedad del encuentro, el niño se concentra: trata de memorizar las formas de cada músculo, las líneas en la piel. Quiere tocarlo, saber dónde acaba un músculo y empieza el otro, y ver cómo se despliegan o se endurecen en cada movimiento. Pero el único movimiento que ve al hombre hacer es una sonrisa, y en ocasiones alzar la mano. Después, lo ve seguir hasta el cuarto, con la madre. El niño resiente que su madre no lo deje un rato más afuera, para que él pueda verlo más, y entonces, mientras ellos se encierran, se queda en la sala imaginando cómo sería que un día, en el saludo casual, el hombre le apretara la mano. Le parece posible, pues es como ha visto que se saludan los hombres entre ellos, y a lo mejor en unos días, que él haya crecido más, también empezarán a verlo como un hombre. Sabe que el hombre musculoso apretará duro y tiembla, de miedo y de emoción, al imaginarse presionado.

Él sigue flaquísimo, casi raquítico, y ya empieza a entender que en los hombres es atractivo el volumen, el cuerpo robusto. En el baño se mira al espejo y no se gusta. Alcanza a verse las costillas, contenidas por el cuero ajustado. Se las palpa una a una y luego se toca los brazos y la espalda: siente los huesos y siente vergüenza. La muñeca es delgada, como la de la madre, y uno de los extremos del hueso sobresale en la piel. Puede rodearla con un círculo que forma con el índice y el pulgar. Ese círculo cerrado en la muñeca es la marca de su insuficiencia. Le gustaría agrandarse, tener aunque fuera una capa de grasa y músculos más gruesos, más carne, y así tal vez no se sentiría tan ridículo y vulnerable. Ha concluido que no importa el ejercicio que haga, no puede cambiar la genética, y sabe que eso es cierto y también que lo dice porque prefiere evitar el esfuerzo, hacerse el desentendido, no mostrar su frustración.

Vuelve a pensar en el apretón de manos y en el pensamiento se avergüenza de que el hombre le vea la muñeca delgada: al lado de la suya, por contraste, se verá peor. Ese hombre podría quebrarlo, y de alguna manera el niño lo merece, pues le ha ofrecido en el saludo su fragilidad. El niño siente de nuevo el temblor —miedo y emoción— y desea que no acabe. Quiere esa humillación. Todavía tembloroso esperaría a que ese hombre lo fracturara, dejaría el hueso romperse y anticiparía excitado el sonido del quiebre. Crac. Ya una vez se golpeó los dientes, se los sacaron, y en reemplazo salieron unos más grandes, con más brillo: quién dice que no ocurriría así también con el hueso. En todo caso, preferiría ser quebrado por ese hombre a que no pasara nada. Si no puede cambiar su cuerpo, puede buscar el contacto de otro cuerpo y en la presión consolarse: recibir en su cuerpo la marca del otro, estar cada vez más cerca del cuerpo que quiere.

Es la primera vez que se siente así por un hombre. Entonces empieza a fijarse en otros: en los brazos y las piernas, en el pecho y el abdomen: cualquier parte que se deje ver sin tela —y en el calor de su ciudad, se suele dejar ver—. Se asoma a la ventana y mira a los hombres pasar. Detalla los músculos, los vellos, las marcas y los lunares, la forma en la que se ocultan y se muestran las venas. No le interesa imaginar lo que hay adentro, debajo de la ropa y de la piel, como querrá después; le basta con situarse en esa superficie. Cada cuerpo es único, y si se concentra en esa singularidad, entiende que podría desearlos a todos. A cualquiera. Las caras no existen para él, no en los hombres. (La única cara que conoce de un hombre, la única cara que recuerda haber visto y que podría describir si quisiera, es la cara de su padre. Y la de George Clooney, de quien de todos modos no ha podido ver los brazos ni el pecho ni las piernas ni el abdomen, pues siempre tiene puesto el traje azul de médico de la sala de emergencias en la que trabaja y a veces, encima, una bata blanca, o el traje negro de Batman). Se deleita en los movimientos del cuerpo que sin quererlo le ofrecen, por un instante, más piel. Ve la tela levantarse y la ve luego volver a su lugar, posada indiferente sobre la piel que él querría tocar.

Las camisas de cuello abierto que ve pasar por la calle le muestran el pecho, y algunos pelos allí se asoman y marcan un camino con el que él, de inmediato, alcanza a fantasear. Entre los botones, ve el cuerpo asomado, algunas veces más y otras menos, y esa incertidumbre de la visión hace parte del juego. Alcanza a pensar que si los hombres desfilaran sin camisa no sería tan emocionante, pues le haría falta buscar el cuerpo entre los pliegues. En los días de más calor, los hombres pasan sudorosos. El sudor humedece la tela, y la humedad hace que esta se pegue a la piel; en algunos casos incluso se transparenta y puede verse a través de ella. Él, adentro, también tiene calor y suda agradecido. Un hombre levanta el brazo, señala algo al otro lado de la calle, y la manga se le recoge: el niño quiere entonces capturar la diferencia entre la piel quemada por el sol y la piel que va cubierta. Otro hombre se inclina y agarra un papel del suelo, otro se estira para desperezarse —no ha dormido bien— y uno más se lleva a la boca una botella de agua (casi se acaba y el hombre debe inclinar el cuello hacia atrás para tomar las últimas gotas): gestos cotidianos que a él le regalan un inmenso placer. Piensa en ellos, en los hombres, desinteresados en el gusto que le dan, ignorantes de él, y ese desdén del bien ofrecido, esa bondad radical, hace que su placer aumente. Por aquel hombre que visita su casa se ha iniciado en la observación de hombres. Ya no quiere parar, no podría. Ha visto por primera vez los cuerpos y esa misma vez ha entendido que es ver y no tocar: responder «Bien» y ver al hombre seguir.

Una tarde cualquiera el hombre y la madre ya están encerrados. Esta vez le ha dicho «¿Qué más?» o «Quiubo»: no lo sabe, pues estaba distraído —concentrado— en su barba. No suele fijarse en ella, en el límite entre la cara y el resto del cuerpo, pero por primera vez el hombre no ha llegado afeitado a ras, y alcanzan a asomarse, incipientes, los pelos firmes y delgados que le rompen la piel, adornándola. En la radio un hombre canta que nunca olvidará a su amada, y el niño, que sabe la canción de memoria, piensa en que no podría saber, por la voz del hombre, nada de su apariencia. Nunca lo ha visto, así que no sabe cómo tiene los brazos ni las piernas ni el abdomen, ni mucho menos si lo adorna o no una barba. Sin embargo, podría reconocerle la voz en cualquier canción. Está esa otra en la que le canta a una mujer (¿la misma?) que será ella la que no podrá olvidarlo a él —no podrá, por lo menos, olvidar que él la amó en cantidades que no pueden ser imaginadas—, y una más en la que se pregunta si el amor que siente es fortuna o castigo. Lo sorprende esa intimidad con el cantante: esa ignorancia de la apariencia del cuerpo que canta, que coincide con la certeza de la voz, que le viene de adentro, donde no llega la luz.

En el silencio entre una canción y la próxima, alcanza a oír un murmullo en el cuarto. Baja el volumen y se acerca a la puerta; quiere la voz de un cuerpo conocido, del hombre que podría acabarlo y reconstruirlo. Alcanza a oír ruidos, pero casi no distingue las voces, ni entiende lo que dicen. Solo obtiene el sonido de la respiración entrecortada y una habladuría secreta y de afán. Oye entonces el quejido de la madre, y se lamenta de que el hombre la lastime a ella y no a él. Después, un débil suspiro, que el niño recibe con algo de decepción. Ese sonido separado del cuerpo no le da ningún placer. Querría ver al hombre suspirar, memorizar el ritmo del torso que se infla y se desinfla, aprendérselo como se aprende la melodía de una canción. Resignado vuelve a la sala y sube el volumen. En la radio el locutor anuncia la siguiente canción. Siente alivio el niño de que alguien esté allí, al otro lado, escogiendo las canciones que escucharán los oyentes. Otro día querría llamar a la emisora para pedir una canción, pero esta tarde lo complace saber que hay alguien a cargo, como un Dios que decide el destino. Empieza a cantar otro hombre, cuya voz él también reconoce, y no le hace falta verlo ni imaginar su cuerpo para cantar con él.

Si uno observa los sucesos de su vida, verá que, según el relato que quiera contarse, según la luz, puede encontrar en distintos lugares la raíz de cada decisión tomada, de cada cosa hecha. Uno puede ensayar varios caminos en la narración para llegar al mismo suceso, y cada relato será cierto: varios sentidos conviven. Es cierto que me mudé porque un día llegó un hombre con el que yo quería estar, y con su sola presencia, con su mirada, me hizo ver que yo podía tener una nueva casa, aunque él no fuera a estar conmigo en ella. También es cierto que meses antes yo ya había pensado en irme de esa casa y había luego olvidado que quería hacerlo, y entonces el hombre no mostró nada, sino que lo recordó. Desear es recordar lo perdido y querer traerlo de vuelta. Mi madre, ya lo he contado, se mudó conmigo a Bogotá para que yo fuera a la universidad. Había viajado a acompañarme, y cuando pensó, años después, que ya no me hacía falta su compañía, y se sintió sin compañía ella, volvió a Barranquilla. Ese apartamento, que había sido escogido por ella, quedó vacío, y tras su mudanza decidí que yo también me iría. Me dije que podía conseguir un apartamento de una sola habitación, en otro barrio que me gustara más, pero nunca empecé la búsqueda.

Quienes han buscado dónde vivir sabrán que es necesaria cierta disposición, cierto ánimo, para buscar una casa nueva. Emociona la idea del cambio, pero hace falta abandonar las tareas diarias para recorrer los barrios en los que a uno le gustaría vivir, llamar a los teléfonos exhibidos en las ventanas, preguntar cuántos metros, cuántos cuartos, tiene estufa eléctrica o de gas, cuánto cuesta el mes, cuándo lo muestran. No creo que hubiera podido estar en esa disposición sin un hombre en la mente: yo iba y miraba apartamentos y era como verlos para él, aunque supiera que él se iba del país pronto y que no alcanzaría a conocer el apartamento nuevo. Imaginaba qué diría el arquitecto sobre la distribución del espacio, los acabados y la entrada de luz, y pensaba que, al escoger el lugar que él hubiera escogido, él sabría que debíamos estar juntos, pues creería que yo me había acercado naturalmente al mismo lugar que él. Si me acogiera a este relato, podría decirse que yo lo usé a él, que usé su presencia, para hacer lo que había querido y no había hecho: buscar una casa, escribir un libro.

Me mudé al nuevo lugar, y entonces, por llenarlo, empecé a acumular objetos. Un sofá, un comedor, un escritorio, varias plantas con sus materas, una lámpara de pie y otra de techo, dos alfombras persas, varios cuadros. Acabé con los ahorros que tenía y también recibí regalos de mis padres: ella, que me consiente porque soy su único hijo; él, que como no ha vivido conmigo quiere ayudarme a vivir bien. Yo gastaba millones y pensaba en el hombre que se había ido.

El mundo del abandono, de la ausencia, es también el del gasto y la acumulación. Gastas y gastas y conservas la esperanza de que un día, de tanto gastar, te sentirás lleno.

El último día que vi a Simón amanecimos en el campo. Él dormía a mi lado, desnudo, y en el suelo estaba la camisa que había usado en nuestra primera cita. Había dicho que para las citas importantes le gustaba ponerse camisa, y que hubiera vuelto a usarla aquel día me hizo pensar que si la cita era importante, era porque él sabía que no volveríamos a vernos. La noche anterior habíamos tomado vino en la casa de una amiga, afuera de la ciudad, y decidimos que era mejor dormir un rato antes de recorrer el camino de regreso, pero yo me desperté antes que él y vi llegar la mañana como tantas veces la había visto sin él al lado, imaginándolo, cuando apenas nos conocíamos. Sentí nostalgia, y ternura, de aquel Pedro que todavía creía que todo era posible, sin que en ese todo se incluyera el fin. Mi amiga había estado con nosotros hasta la medianoche, y antes de irse a dormir sacó unas cobijas para que durmiéramos en el sofá cama que había en la sala. Era inteligente y bella, mi amiga más famosa, la única que a él le había interesado conocer. Le gustaba acercarse al mismo tipo de mujeres que a mí; también él tenía una madre triste.

Yo sabía que volveríamos a la ciudad, pasaríamos el resto de la tarde juntos, y en la noche, temprano, él se iría a una comida de despedida que había organizado su madre. Estarían su familia y sus amigos, a quienes nunca conocí. Sabía también que lo nuestro se acababa, pues él no quería seguir pendiente de alguien que se quedaba en el país del que se iba. Un arquitecto pertenece a sus coordenadas.

El sol brillaba sobre el camino de regreso —sol de agua, pensé—, y en el trayecto hablamos sobre las cosas que le quedaban por organizar antes de su viaje: empacar los libros que iba a llevarse, recoger un pantalón que había llevado al sastre, cortarse el pelo. También nos dijimos varias veces los nombres de los árboles que habíamos aprendido en el campo, como en la noche nos habíamos dicho nuestros nombres: araucaria, sangregado, carbonero, alcaparro, arrayán. A veces se me olvidaba alguno, y entonces él, que tenía mejor memoria, esperaba unos segundos para decirme el nombre que yo había olvidado. A mí me enternecía verlo evaluarme y ganar, y me pregunto ahora si yo olvidaba el nombre a propósito solo para darme ese placer. A lo mejor en este párrafo también olvido alguno. A ratos nos quedábamos en silencio, y se oía en el fondo cualquier canción en la radio, y entonces yo suspiraba, con miedo del silencio y las canciones que seguirían a su partida. Él dijo que esa mala costumbre de suspirar era por mi luna en Cáncer, y entonces nos reímos. Ese día lo acompañé a recoger el pantalón y también a la peluquería. No pude ayudarlo a empacar los libros, así que le di un libro subrayado por mí para que se llevara con los suyos. También esa tarde le dije que ya había encontrado el apartamento donde viviría y que me mudaba a fin de mes.

Dos meses después de mudarme, mi madre me visita en Bogotá, en la nueva casa. Pasamos felices varios días, buscando muebles, cosas para la cocina y adornos, conversando sobre cuál lámpara se verá mejor, imaginando de qué color pintar la pared de la sala. En la mesa de comedor que compré unos días antes de su llegada, comemos el almuerzo que preparamos juntos y me cuenta de cuando se fue de la casa donde vivía con mi padre. Dice que lloró sin parar mientras guardaba las cosas en cajas. Lloró también mientras subían las cajas al camión y lloró en la carretera hasta la casa de mis abuelos. Hace silencio y espera que yo complete la historia, nuestra historia, con el relato de mi mudanza, pues sigue sin entender que un día me haya despertado con ganas de mudarme, y que entonces lo haya hecho, y que quiera comprar muebles y plantas, cuando a la casa anterior, en sus palabras, no me molesté nunca en llevar ni flores. Todavía lo resiente, pero espera comprenderme al escuchar mi relato, volver a vernos unidos al saber de mi pena. Pero yo no digo nada: no completo su historia con la mía. Me levanto a preparar un té y por interrumpir el silencio algo digo sobre su historia; tal vez le hago una pregunta.

Lo que no te digo, madre, es que no lloré mientras empacaba ni cuando subía cajas al camión ni al llegar a la casa nueva. No lo digo porque entonces tendría que contarte que hacía años no lloraba. En cualquier día de la infancia, después de llorar tanto juntos, me impuse ocultar la tristeza, para que estuvieras menos triste y aliviar la suma de nuestra tristeza. Tampoco te cuento que lloré el día después de llegar a la casa nueva, al despertarme. El rayo de sol de la mañana entró y cuando me iluminó la cara, yo ya estaba despierto. Salí del cuarto y vi el espacio iluminado. Caminé herido, como atravesado por el haz, rodeado del resplandor y las cajas de cartón medio abiertas. Amanecía en mi nueva casa, y mi casa, por primera vez, era un lugar que tú no conocías. Tampoco a Simón lo conoces. Tal vez escriba este libro para que sepas que al dejar tu casa solo quería acercarme a ti. Quiero completar la historia, nuestra historia, y decirte que quise que un hombre se quedara, lo vi irse y entonces me fui también. Al hacerlo, era a ti a quien buscaba. Esa mañana lloré mientras hacía el desayuno, lloré mientras desempacaba y sonreí, pues me alegraba poder por fin llorar de nuevo, aunque no hubiera nadie que me oyera.

Ahora toca los cuerpos en un cuarto oscuro, en el colegio. Pero no «los cuerpos» sino uno: un cuerpo que se frota con el de él, dos cuerpos. Sucede en la clase de inglés, para la que el profesor, los viernes, no prepara ningún tema y en cambio los lleva a ver películas en el salón de audiovisuales, como llaman a un salón sin ventanas y con un televisor grande, que simula una sala de cine o una noche falsa. Las películas son en inglés, con subtítulos en español, y el niño ya ha visto la mayoría antes, con su padre. No hay sillas en el salón, así que acostumbran los estudiantes a acostarse unos en las piernas de otros, y después, en la mitad de la película, o de la clase, en fin, cuando se aburren o se emocionan, cambian de posición. Así todos pueden pasar un rato viendo la película acostados, como la habrían visto en su casa, o dormidos, pues el profesor de todos modos no está pendiente ni pregunta en la clase siguiente nada sobre lo que vieron.

No hay cómo saber quién comenzó, cuál de los dos hizo el primer movimiento, pero en este punto ya saben que apenas comienza la función deben acostarse el uno sobre el otro y entonces acariciar con disimulo la cabeza con la entrepierna, o la entrepierna con la cabeza, según se vea: frotar la coronilla con la verga. Es la primera vez que el niño siente una erección que no es la suya, apretada contra él. La tiene en la cabeza y sin palparla, la comprende. Siente una emoción desbocada y contenida —siente miedo— mientras no ve la película. Las imágenes se suceden en sus ojos sin ninguna relación ni significado; solo existen la imagen desarticulada, su cuerpo y el cuerpo del otro, que no importa quién es:

es un cuerpo en un cuarto oscuro. Ve las letras de los subtítulos sin leerlas, casi le parece que conforman otra lengua a la que ya no tiene acceso o no le importa acceder, y entiende cada vez más las voces en inglés (como los fetos que, sin quererlo, oyen las voces de los adultos de afuera del vientre). No se miran ni conversan él y el otro. A veces, cuando el acostado es él, el otro le acaricia la cabeza con las manos. Entonces, él le aparta la mano: no quiere ningún otro contacto, ni quiere que los demás estudiantes puedan percibir su placer. Tampoco quiere hablar sobre eso, así que cuando acaba la clase, que dura una hora, el niño sale rápido y se lamenta, con los demás, por no haber visto el final de la película, pues el tiempo nunca alcanza para ver ninguna película completa. No dice que ya la ha visto antes con su padre ni tampoco dice que no la vio esta vez. Su frustración es auténtica, aunque la razón que dice sea falsa: habría preferido que la función continuara y permanecer allí, suspendido en el tiempo, analfabeto, unido al otro. Afuera, la luz le irrita la vista, y mientras se acostumbra de nuevo al día, se olvida del cuerpo y vuelve a pensar en su amor.

Está enamorado por primera vez. Es una chica de otro salón. La vio un fin de semana en el centro comercial, y tal vez lo primero que llamó su atención fue que ella no llevara el uniforme del colegio, con el que la había visto siempre. Fue como verla por primera vez. De ese momento recordará la camiseta de cierta banda de rock, la falda a cuadros y los tenis Converse, y creerá luego que allí empezó su amor: en la camiseta de la banda desconocida y en esa combinación de la falda con los tenis, que no había visto en ninguna mujer antes. Pensará que fue eso lo primero que le gustó de ella: el estilo. Al verla esa primera vez, recordó que siempre, desde la primaria, había sabido el nombre de ella, aunque nunca habían hablado. Dirá que fue un momento opuesto a la ceguera, como leerá que se refieren en un libro al primer amor.

Ya antes se había planteado la cuestión del amor. Al escuchar las canciones románticas de las que sabe cada palabra, se había preguntado si estaba en él enamorarse. A su alrededor se lo preguntan también. Su madre a veces trata de averiguar si no le gusta ninguna niña y dice que ya es hora de tener una novia, que todos sus amiguitos empiezan ya a tener una, y él, avergonzado, no le responde nada. Entonces comprende, complacido, que el suyo se trata de un caso de amor a primera vista, de los que ya ha visto antes en telenovelas —incluso ha sucedido en las que él inventaba— y en algunas canciones. Que ella exista en el mundo y que no haga parte de su vida le resulta doloroso, y si duele entonces debe ser amor. En el centro comercial ella no lo saluda, tal vez ni siquiera lo ve, así que el lunes siguiente en el colegio él se acercará —vencerá la timidez, como hacen los enamorados— y le dirá que la vio. «También me encanta The Cure», dirá, y será cierto que le gusta, pero no dirá que apenas los conoció dos días atrás, cuando le vio a ella la camiseta y le pidió a su padre que le comprara el CD de Grandes Éxitos que encontró en el Tower Records del centro comercial. Ella le preguntará cuál es su canción favorita, y él dirá una que lo hace pensar en ella y en el edén —espera que en adelante también a ella lo haga pensar en él— y no la otra, tal vez más favorita, sobre chicos que sufren por amor sin saber llorar, que es, claro, la que lo hace pensar en él mismo.

Empezarán una larga conversación sobre música y películas favoritas, sobre libros que no han leído y que quieren leer. No hablarán mucho de ellos ni de lo que sienten, sino de sus gustos, y así intercambiarán referentes de un mundo al que aspiran pertenecer, distanciados de los gustos de los demás. Se sabrán mejores que el resto. Él verá en ella la puerta a un universo desconocido que lo atrae: ella lee poesía francesa —los poetas malditos, dice—; tiene discos de bandas que él no conoce —que compra en los viajes que hace con su familia a Estados Unidos o a Inglaterra, que en la mente del niño siguen siendo el mismo lugar—; se pregunta por la existencia de Dios. Entonces, él leerá poesía francesa, escuchará bandas nuevas, dudará de Dios. Querrá viajar a Estados Unidos o a Inglaterra (aunque después le parecerá más sofisticado oírse decir «Quiero ir a Europa»). Estará encantado con ella y con la promesa de la vida bohemia que se imagina a su lado. Tocarán juntos la guitarra, que él ya ha aprendido a tocar con el padre, y cantarán, como suele hacer con la madre. Él oirá sus voces juntas y creerá que también su amada lo ama y que no se lo dice por miedo. No está seguro de miedo a qué, pero ha oído de amantes a los que el miedo los detiene. Los dos están enamorados, piensa, y saben que el otro lo sabe, pero ninguno se atreve a dar el primer paso.

Él escribirá canciones que luego cantarán los dos y se imaginará que ella sabe que él las escribe pensando en su amor. Ella se hará novia del mejor amigo de él —serán mejores amigos los tres— y él, que en realidad no quería tocarla —tocar aún será una actividad exclusiva de la clase de inglés—, tendrá el corazón roto y disfrutará las ventajas del desamor: se sentirá satisfecho de ser como los artistas que se han inspirado en un desamor, la música entera hablará sobre él, y él actuará con cierta gravedad que hará pasar por madurez. Dejará intuir que sufre porque alguien no lo quiere, y esa sospecha será más digna que la sospecha de que no tiene ningún deseo, de que no ama a nadie. Resolverá así la otra pregunta que ya se hacen algunos, incluida su madre, de que si acaso, porque no ha tenido ninguna novia, será maricón. Ser de malas en el amor será mejor que no tener nada. Durante el día verá la imagen que lo enamora y lo atormenta, cantará con ella en los recreos, se mirarán mientras cantan, y él creerá que ella es novia de otro para darle celos a él, que es su verdadero amor, y que en cualquier momento se lo confesará. Pero llega la tarde y la confesión no llega, y los ve a ellos despedirse con un beso mientras que a veces de él no se despide nadie. En las noches, ya encerrado en el cuarto, listo para dormir, volverá a pensar en ella, con dolor, y en los brazos del hombre que ha estado en la casa visitando a la madre hasta hace un rato. El dolor del amor no correspondido dará paso, sin obstáculos, al dolor que imagina que puede causarle el cuerpo robusto de ese hombre sobre su cuerpo frágil. A oscuras en la cama, volverá también la entrepierna, la verga, del compañero de clase, y entre este y el otro se compondrá el hombre sin rostro que lo hará llegar al orgasmo cada noche y lo dejará después acurrucado, instalado en el sueño. De la chica amada podrá recordar el primer momento, opuesto a la ceguera, y las conversaciones, la música, las lecturas. Recordará también su cara —la mirada— y nada más. Ella será una visión sin cuerpo, un fantasma.

En el mundo del abandono, en mi nueva casa, sucede la espera. Antes estuvo el dolor. La belleza de los días entraba por los ventanales y no me restauraba, como pensé que lo haría, sino que me dejaba reducido. Diría que minúsculo si no hubiera dolido tanto: más bien me hacía replegarme en el dolor. Fueron días de desorientación. El cielo seguía allí donde había estado antes, pero ya no me decía nada sobre Simón ni sobre mí. Era volver a ser un niño perdido en un supermercado: cada estante permanece intacto, en los pasillos que tantas veces has recorrido, pero ya no reconoces nada en ellos porque entre las personas que están —cada una con su carrito o su canasta, revisando cuál de los productos está en promoción, indecisas de si llevar una bolsa más de aquello o no, en fin, indiferentes al drama de tu abandono— no está a quien tú buscas. Los objetos, puestos uno al lado del otro, siguen relucientes, y la luz reflejada en el plástico que los envuelve solo te recuerda la ausencia. Entonces dejo de buscar a alguien y compro cosas yo también. Les busco un lugar en la casa nueva y me digo que darles un lugar será empezar a ubicarme. ¿Qué más haría ahora que él no estaba? Lo mismo de siempre: levantarme en las mañanas y dormir en las noches; llenar el día como hacen todos los vivos. ¿Y ser un vampiro? Ser un vampiro habría sido un destino posible si el amor que me abandonaba no me hubiera antes arrojado a la luz.

Llenaba el día de una gran solemnidad. Madrugaba, preparaba un café y me sentaba a escribir con el cielo aún oscuro. El resto del día hacía los trabajos de edición de textos por los que me pagaban. En las tardes buscaba el occidente y sentía el impulso de mandarle a Simón fotos de cada atardecer. Tal vez nuestra estrella, justo antes de ocultarse —en su momento más bello: de la despedida y también de la promesa del retorno—, lograría conmoverlo. Pero nunca envié las fotos que tomé: seguro allá donde él estaba también había atardeceres. Cuando volvía a anochecer, mientras llegaba el sueño, leía. Leía tragedias griegas, leía la Biblia, leía el Tao Te Ching. Ansiaba desprenderme de mi pequeño dolor, sumergirme en una sabiduría anterior a mí y salir a flote con las heridas curadas, o herido en mayor profundidad. Por primera vez buscaba a Dios, y cumplía con mis horarios y mis hábitos de manera religiosa. Colgué en la pared, conforme al cliché, un afiche de San Sebastián —«como un San Sebastián del esnobismo», leí también durante esos días en el primer volumen de Proust—. Abandoné las redes sociales y no salía casi de la casa; vivía en la fantasía de ser un anacoreta y veía en la ascesis una virtud. Disfrutaba imaginar que la persona en la que el aislamiento me convertiría iba a sorprender después a los demás. Habría pasado cada segundo de esos días aislado y triste si no me hubiera distraído en ocasiones la urgencia de tener que pagar el gas, que era el único de los servicios públicos que aún no sabía pagar por internet. Las ojeras se me oscurecieron —pensaba: esto le gustaría a Simón— y los ojos permanecían irritados, pues leía con la tenue luz amarilla de una lámpara sobre el escritorio —pensaba: esto también—.

No ponía en escena el dolor. No encontraba dignidad en exhibir la tristeza, y en mi reino de solemnidad ante todo había que ser digno. Me esforzaba por ser medido en mis gestos, preciso. Obediente a una tradición de melancólica vanidad, funcionaba correctamente y dejaba ver la tristeza solo a través de esa corrección, puesta allí para quien pudiera observarla, para quien lograra ver entre mis gestos el lamento: una ausencia que no se decía y que ya hacía parte de mí. (¿Y cómo podía hacer parte la ausencia, si era por definición lo que no estaba? Ese era el don de la escritura: traer lo que no estaba. Por eso madrugaba a escribir). Adquirí, por fin, la seriedad de quienes han perdido. La misma seriedad que ya me venía anunciada de antes: la que, como dicen en una película de otro Pedro sobre otra madre, adoptamos los hombres que crecimos solo con nuestra madre.

Mi seriedad era auténtica, y, sin embargo, bajo ella estaba la espera. Una espera que yo no admitía y que en secreto me impulsaba de un día al otro. Esperaba un mensaje o una llamada. Una declaración, una confesión, una carta. Cualquier señal, aunque fuera un «Extraño silencio», que me dejara saber que había vida allá. Todo lo demás que hacía —escribir, cocinar, trabajar, leer, regar las matas, pagar los servicios, dormir— era una manera de pasar las horas. A ratos me llegaba el presentimiento de que en cualquier instante recibiría su mensaje, en el que me decía que me extrañaba y que quería saber cómo era la vida en mi nueva casa. También me mandaba besos. En algunos casos incluso decía que había terminado con el novio y que necesitaba verme ya. Una mañana supuse que seguía con el novio y alcancé a pensar que si existía ese hombre tan importante para Simón, y Simón era tan importante para mí, yo debía conocer al novio, incluso me esforzaría por ser amigo de él. Pensaba: si me escribe, le digo que quiero conocerlo, que nos presente, que todos somos adultos y que dejemos la inmadurez. Temía perder de vista el celular, pues entonces no vería el mensaje que había llegado ni la llamada que entraba.

Pero ni el mensaje ni la llamada llegaban, y yo me decía con rabia que por supuesto nunca iban a llegar, que él ya no pensaba en mí, que estaba viviendo su mejor vida —*the time of his life*, como habrían dicho allá donde él estaba, o en las películas que no vi en mi clase de inglés— y que en todo caso era mejor que no apareciera, pues yo no lo quería ya. Es más, lo detestaba, y me llenaba la vergüenza de haber tenido esperanzas en primer lugar. Vivía avergonzado, como si hubiera vuelto a la infancia. Sentía la tentación de escribirle «No quiero volver a saber de ti», «Voy a pedirte que no vuelvas más» o «¡Mejor sin ti!», pero el delirio no me alcanzaba para ignorar que no se le decía eso a quien, de todos modos, nada te decía. Entonces volvía a querer que escribiera y, con el deseo, llegaba el presentimiento de que en cualquier instante lo haría, aunque fuera solo para que yo pudiera responderle que ya no lo quería más. Iba una y otra vez del ansia esperanzada a la frustración de la derrota —del presentimiento al resentimiento—, y entre una y otra quedaba exhausto.

Resentía que no me llamara, que no me propusiera que fuera a visitarlo, que antes de irse no hubiera querido presentarme a ninguno de sus amigos, lo que me hacía creer que siempre había sabido que se quedaría con su novio y lo nuestro duraría poco. Entonces acogía el resentimiento de que él supiera eso, que todo se acabaría, y no me lo hubiera dicho antes a mí, que por mi lado también sabía que se acabaría, claro, pero que guardaba también la esperanza —el deseo— de probar lo contrario: que no todo se acaba, que algo puede durar. Resentía lo poco que parecía importarle que yo me hubiera cambiado de casa, aunque supiera que lo había hecho por él, y resentía que no imaginara el ansia con la que esperaba su mensaje, o peor: que alcanzara a imaginarla y de todos modos no lo enviara, y que pudiera seguir en su nueva vida sin mí. Resentía, en fin, que no se hubiera quedado conmigo y que pudiera ser feliz en adelante.

El resentimiento abarcaba el pasado, el presente y el futuro, era más grande que yo y que el tiempo, y fue durante unos días toda mi fe. También durante esos días viví en la grandilocuencia.

Cuando me cansaba de verme en la rutina de espera y resentimiento, espiaba las rutinas de los vecinos. Vivían en una casa grande de ladrillo, con un jardín trasero y un lago artificial, hacia el que daba mi ventana. Era una casa de campo en medio de la ciudad. Él era un conocido arquitecto que debía tener poco más de cincuenta años, y su esposa, una artista plástica que tendría unos años menos. Vivían con un pastor alemán negro al que llamaban Cosmos, del que no podría decir la edad, pero sí que ladraba desde muy temprano. Al oírlo yo llevaba ya un rato despierto, escribiendo o tratando de escribir, y el ladrido de Cosmos, como habría hecho el canto de un gallo, me recordaba que empezaba el nuevo día. Más tarde los veía almorzar en el jardín, siempre a la misma hora, cuando yo acababa de comer mi almuerzo (también siempre a la misma hora, más temprano que ellos). Una empleada ponía varios platos sobre la mesa y ellos se servían en su propio plato después. No hablaban mientras comían, excepto para, me imagino, preguntarle el uno al otro si quería más vino. También es posible que comentaran la suavidad de la carne, la frescura de la ensalada, la sazón del guiso. Luego la empleada volvía para retirar los platos y les traía café. En la mesa no se hablaba de nada más. Era un silencio al que estaban acostumbrados, a fuerza, supongo, de haber pasado muchos años juntos; un silencio que solo habría sido incómodo si hubieran sabido que alguien más los miraba. Entonces habrían sentido la necesidad de conversar, de poner en escena la pareja feliz que eran, pero sin público se limitaban a comer. Tampoco les hacía falta mirar hacia mi ventana para llenar su tiempo. Solo Cosmos me miró en una ocasión, y vi tal seriedad y compasión en su mirada que supe que no lo hacía por ser vigilante de su casa sino por saludarme en mi despecho. Por eso ladraba cuando los demás seguían durmiendo.

Yo adivinaba que en algún momento del matrimonio supieron que debían dedicarse a la casa. Cuidarla era lo mejor que podían hacer por su relación, pues les daría una razón para estar juntos. Había sido construida a partir de un diseño de él, y juntos habían decidido la distribución de los espacios y los acabados. La casa entera resultaba de un acuerdo entre los dos, pero cada uno tenía un estudio sobre el que su opinión prevaleció y que decoró como mejor le pareció. Por fortuna coincidían en el gusto —¿era lo primero que les había gustado del otro? No: era lo primero que a él le había gustado de ella (a ella le habían gustado primero su voz y sus manos)—, así que las dos habitaciones resultaron parecidas. A lo mejor si yo hubiera entrado no habría reconocido cuál le pertenecía a quién.

El jardín era donde más tiempo pasaban. En las mañanas recorrían el sendero para ver cómo estaban las plantas y revisar si había flores nuevas, regaban cuando hacía falta y admiraban a los pájaros en las ramas. Adoraban ver los frutos de su labor. Yo los miraba desde la ventana y luego revisaba mis plantas, que no daban frutos. Con frecuencia llegaban trabajadores que se encargaban de sembrar nuevas plantas, de podar y de limpiar el lago. Temprano en su relación entendieron que en una casa tan grande sería bueno tener empleados —en el jardín, en la cocina— y que tener empleados sería bueno para la relación, pues si el matrimonio era una empresa, ambos tendrían el poder. El amor, en cambio, era lo opuesto al poder. El amante se daba al amor con tal entrega que renunciaba a todo lo demás: era un desposeído, y ellos, que se habían amado desde el comienzo —que se amaban todavía— tenían en el núcleo de su amor ese despojo: durante el día ejercían la autoridad sobre las otras personas de la casa, y en las noches, agotados del dominio, buscaban refugio en el otro, desamparados como dos niños, como un mendigo.

Desaparecían cuando se iba la tarde, a la hora gris. Las lámparas se encendían puntuales siempre, pero nunca alcanzaba a ver quién se encargaba de encenderlas. Tampoco había nadie allí a quien iluminaran. La casa estaba siempre como ellos la querían, aunque ellos no estuvieran para verla, y yo me imaginaba que las luces se encendían para mí, que les daba mi atención desde mi casa poco iluminada, y me complacía en esa virtud que tiene la riqueza de ofrecerse a los demás sin proponérselo. Si una noche ellos volvían a la casa con algunos invitados, ya la casa estaba esperándolos, y no tenían que buscar a oscuras para que la luz se hiciera. En esas noches con invitados, él y ella se encargaban de servir la comida y los tragos, pues preferían ser quienes recibieran a los visitantes en su imperio, y los empleados no volvían sino hasta la mañana siguiente, para limpiar los restos de la noche. Con los invitados ocurría la conversación, y yo alcanzaba a oír las carcajadas y las canciones de salsa que ella ponía; al día siguiente, en el desayuno, de nuevo no les quedaba nada por decir, salvo comentar un par de sucesos de la noche anterior, y volvían al silencio al que estábamos acostumbrados. Algunos días incluso alcanzaban a sentirse distanciados. Entonces miraban los muros que habían construido, las nuevas flores del día y a Cosmos, echado a los pies de él, y reconstruían sin decir palabra su historia de amor. Él sonreía y por primera vez en el día hablaba: tenemos que pintar esa pared, que llamar para que arreglen aquel parlante, que pedir más vino tinto porque ayer se nos acabó. La lista de las tareas pendientes inauguraba el nuevo día y les daba un propósito para llegar cansados y juntos a la noche. Así iban de un día al otro. Con ellos me distraía de mi pena y me desprendía de los resentimientos que había acumulado hacia Simón. Entonces sentía miedo, pues creía que si ya no lo resentía quería decir que ya no lo amaba.

En los hombres no existen las caras mientras que en las mujeres es casi lo único que hay. Las caras, y en las caras, la mirada: en la mirada, al fondo, y a veces también en la superficie, una tristeza. El niño ha visto a las mujeres que lo rodean, a la madre, la primera cara que vio, y ha visto en ellas el dolor. Esas mujeres de su vida, juntas, conforman una comunidad de mujeres abandonadas; mujeres solas que han parido a otras mujeres solas. Ha dicho alguien en la radio, o una de sus tías, que algunas mujeres se ayudan entre ellas, se advierten de los engaños de los hombres y se acompañan en sus desamores y sus soledades, mientras que en otras el sufrimiento se ha vuelto mezquindad y preferirían que todas las mujeres estuvieran tan solas como ellas. Entonces actúan como celestinas para que los hombres sean infieles, siembran discordias, intrigas y cizañas, y se complacen cuando finalmente la mujer queda con el dolor y sin el hombre. Después, claro, ofrecen también su compañía y su auténtica solidaridad. En algo coinciden unas y otras, y es en esta coincidencia que se sostiene la comunidad: los hombres mienten, y todas, cuando llegue el momento, harán parte del grupo de las engañadas.

¿Cómo le llega a la madre su momento? ¿Cómo era justo antes de ser una mujer abandonada, de encontrarse con la comunidad? Sigue viviendo con el hombre al que ama, a quien cada vez ve menos, y una de las hermanas de él le ha dicho que tenga cuidado, que hay otra mujer que a veces llama a la casa de ellas, y que otra hermana contesta las llamadas y le guarda los mensajes al hombre. Así se ponen citas, se mandan besos y alguna vez incluso se dedicaron una canción. Una de esas hermanas vivió con un hombre que poco tiempo después de que tuvieron un hijo comenzó a maltratarla; la cubría de morados, y ella se quedaba encerrada sin ver a nadie hasta que la piel perdía la hinchazón. Un día, en medio de los golpes, llamó a gritos, por teléfono, a la casa de su madre, y los hermanos fueron y la sacaron de allí, con la cara roja del golpe y de la vergüenza. La otra hermana no volvió a ver a su hombre después de contarle la noticia de su embarazo, y supo después que el hombre tenía otra mujer que también estaba embarazada, y se casó con esa sin querer conocer al hijo que tendría con ella. Las dos viven en la misma casa y no importa cuál advierte y cuál contesta las llamadas: el niño las mira a los ojos y reconoce en ellas esa herida similar, la mancha del dolor. Una hermana le dice a la otra que no está bien lo que hace y le pregunta si le gustaría que le hicieran eso a ella, y la otra le responde que cosas peores le han hecho y nunca le preguntaron si le habría gustado o no. La madre ha sabido también que su suegra aprueba esa nueva relación, que alienta a la hermana alcahueta y que nunca la ha querido a ella. Se pregunta qué es lo que le ha hecho a esa señora para que la odie tanto, y en la angustia de la pregunta se pierde y no alcanza a responderse: lo que le ha hecho, puede saberlo ahora si no lo ha sabido antes, es quitarle al hijo que más quiere, y la suegra siente que quitárselo también, aunque sea para entregárselo a otra, es un poco como recuperarlo.

Se ha vuelto una investigadora, la madre, y el niño la ve investigar y aprende de su suspicacia. Días antes, sin quererlo, él mismo ha sido un colaborador en la pesquisa: ha dicho, mientras comen, que pasaron la tarde, él y su padre, con los caballos. La madre ya intuye que el hombre le es infiel; lo ha visto en todas las señales: ahora trabaja hasta tarde, se viste mejor, anda de malhumor, nunca tiene plata. También sabe de una mujer que trabaja o vive en una finca, pues al padre lo han visto por fuera de la ciudad. A los caballos —pero no solo a ellos: a las vacas, los gallos, incluso los perros: cualquier animal que pueda estar en una finca— ella ya no los soporta, y en la televisión prefiere cambiar cualquier programa que suceda en el campo. Ha llegado a molestarle la palabra *rural*.

El aviso que recibe le ha recordado sus sospechas —no le ha dicho nada que ella no supiera, insiste—, y ahora está decidida a conocer cada detalle de la infidelidad antes de confrontar al marido. No quiere que él se salga con la suya ni que la confunda, como sabe que saben hacer los hombres. Encuentra señales en todo y va tejiendo su teoría, como cuando mira en la televisión programas gringos de investigación forense que, por fortuna, suceden siempre en ciudades y no en el campo: Miami, Nueva York, Las Vegas. Cada episodio empieza con un homicidio y a lo largo de una hora se resuelven las preguntas que rodean el crimen. Al final, la inteligencia de los investigadores se impone sobre la del criminal, y aunque la víctima ya esté muerta, es satisfactorio para la madre, y para todos, que se descubra al victimario y prevalezca la verdad. La madre se ha vuelto una apasionada de la verdad. Sobre todo, quiere que su inteligencia se imponga al final; que la verdad prevalezca. Aún más que saber las cosas, quiere demostrar que las sabe. Quiere aclarar que ha habido un engaño, pero que ella no ha sido engañada.

Comenta las teorías con su hermana menor, que todavía no ha sufrido la traición de un hombre —no de uno que no sea su padre— y que la escucha como anticipándose a su propio destino y también con la secreta esperanza de que a ella no le pase. Las dos concuerdan en que la otra mujer estará en el cumpleaños de la suegra, el domingo siguiente, y que por eso el hombre no ha insistido en que ella vaya. Unos días antes han tenido una discusión, y ella decidió castigarlo diciéndole que no irían ni ella ni su hijo a la celebración: de todos modos, por qué celebraría ella a una señora que nunca la ha querido. El hombre le dijo: Haz lo que quieras, y ella alcanzó a percibir que le había otorgado una licencia más que un castigo. Él invitaría a la otra mujer a la fiesta, con lo que se congraciaría con su madre, que estaría feliz de ver que tenía una novia nueva, y le demostraría a la otra que ya no era la otra sino la principal. Entonces ella, investigadora y no víctima, aparecería en la fiesta sin previo aviso.

A la fiesta llega y no ve a la otra. Algunas personas de la familia la saludan con variaciones de fingida y auténtica emoción, y la madre llega hasta el fondo del jardín, donde está la casa en la que alguna vez, durante unos meses, vivió su hijo sin ella, y confirma que la otra no está. Tal vez se ha equivocado. Le ha fallado la intuición. Entonces conversa con los que están allí y luego va hasta un rincón y se sienta. Le dice al niño: Ve y juega con tus primos, pero el niño no quiere; prefiere quedarse acompañándola a ella. La madre insiste: Ve y juega, que hace rato no los ves y ya viene tu tía a hablar conmigo. El niño va hasta donde están los primos, a la entrada del jardín, y alcanza a ver en la puerta de la casa el rostro de la mujer de los caballos. Corre hasta donde su madre a abrazarla. Ella alcanza a molestarse: Te dije que fueras a jugar, que yo estoy bien acá, pero para entonces la mujer ya llega al jardín y la madre levanta la mirada. Algo en ella se quiebra. Siente inmediato el dolor junto al placer de haber sabido, de tener la razón. Antes de llegar, se había dicho que haría un discurso: les diría a todos en la fiesta que ella ya sabía que la otra estaría allí, que había venido a confirmarlo, ya que ninguno de ellos, hipócritas, se lo habría contado. Sería un gran escándalo y no le importaría: preferiría pasar por loca que por ingenua. Pero ha llegado el momento; la mujer está saludando a la familia, y ella no tiene palabras. Ha perdido el habla. El niño percibe el temblor en la boca de su madre, el brillo en los ojos llorosos, el ahogo, la mudez. Entonces empieza a llorar él. Ella no llora ni habla. No quiere quebrarse para ellos. Él ya es un niño grande, pero sigue siendo un niño y en los niños es aceptado el llanto, así que lo deja salir. Llora por él y llora por ella; lloran juntos en él. En su llanto, el niño trata de consolarla. «Ay, mami», dice y la acaricia. La madre recoge su último esfuerzo y camina hasta la puerta sin mirar a nadie. Tampoco el niño mira a nadie, solamente hacia el suelo a través de las lágrimas. El padre no ha llegado todavía, o no alcanzan a verlo. Nadie los detiene, y sin decir palabra salen, caminan dos cuadras y se suben a un taxi. Ahora ella empieza a llorar, y el niño le dice al taxista la dirección de la casa.

Una semana después, el padre ya no vivirá con ellos. Él dirá que la madre no lo dejó volver, pero los tres sabrán que él prefirió no llegar. Luego volverá, en una de las treguas que serán comunes entre él y ella, para empacar los objetos que le pertenecen y que la madre no incluyó en la bolsa negra de ropa que le hizo el día en que lo dejó afuera. Guarda algunos CDs, cuadernos y planos, una guitarra y no mucho más. El resto de las cosas se las lleva la madre. La casa quedará vacía, y el niño no volverá a vivir con el padre. Ese día, al despedirse, lo mirará a los ojos y no entenderá. Tendrá presente la mirada de la madre, la mancha inconfundible en ella y en las demás, pero en el padre no podrá reconocer nada. Meses después, el padre visitará con frecuencia al niño en la nueva casa. El niño seguirá confundido: lo verá llegar en la mañana e irse en la tarde, con el sol, para alcanzar el bus, pues es domingo y el servicio deja de funcionar más temprano. Cada fin de semana de nuevo la separación, y el padre, en lugar de la reconciliación, escoge la despedida. Busca en los ojos y en los gestos de la madre y le parece ver una esperanza —ella también quiere que vuelva—, y en el padre, en cambio, no encuentra nada. Tal vez sea el niño el que espera al padre, y por eso pone en los ojos de la madre la misma espera. Tal vez por eso no sabe qué ver en el padre, pues solo ve que viene y vuelve a irse. Pero qué puede estar haciendo, qué está pensando, que no lo deja volver. ¿Cómo es posible que un hombre no vuelva? La pregunta lo acerca a la madre y lo aleja del padre. No puede descifrarle en los ojos su impulso. El deseo permanece oculto. Esa es la pregunta que en adelante el niño tratará de resolver. Empezarán más adelante a existir las caras de los hombres: quiere mirarlos y entender qué sienten, cuál dolor les atraviesa la mirada, hacia dónde los lleva, por qué no vuelven. No lo sabe aún, pero dedicará sus esfuerzos (algunos de sus esfuerzos, digamos para no preocuparnos) a estudiar los detalles de la partida de un hombre. Debe ser honda la herida que le impide a ese hombre quedarse, intenso el dolor que lo ha convencido de que tiene que estar siempre en movimiento, huyendo, lejos. Querrá el niño hacer allí su casa, habitar esa zanja, y lo llamará amor.

El día de mi cumpleaños me escribió. Era, ya saben, la temporada Escorpio —no sabría decir dónde estaba la luna; trataba de ya no pensar en los astros—, y pasé el día esperando su mensaje: del ansia a la frustración, de la esperanza de que escribiera a la certeza de que no lo haría. Mi padre había venido a visitarme —era costumbre pasar juntos mi cumpleaños— y conoció la nueva casa, que ya había visto antes en fotos. Propuso que saliéramos a almorzar y que más tarde fuéramos a buscar mi regalo; quería darme algo para la casa. Me había contado hacía poco en una llamada que se casaba con su novia, una mujer menor que yo por unos meses, que, según dijo, era dulce y tierna y lo hacía reír. Eso era lo importante, concluyó. Le pregunté por cómo iban los planes y me contó que si todo salía bien la boda se celebraría el febrero siguiente, en la playa, con pocos invitados. Buscarían una nueva casa para los dos, pues, aunque cabían con comodidad en la de mi padre, ella quería que llegaran a una casa nueva para llenarla juntos. Por eso, dijo él, sentía en esos días un renovado interés por el diseño de interiores. Esperaba cambiar los muebles y la decoración al pasarse a la nueva casa: sería un nuevo comienzo. Nos emocionó vernos juntos, dispuestos a llenar casas vacías. Al buscar un regalo para mí, también estaría pendiente de encontrar algo para ellos, aunque lo dijo en singular: buscaría algo para él. Le costaba hablarme de su futuro en plural, y yo quizás lo prefería así. Tampoco él esperaba que le hablara de mis motivos ni de mi futuro, y entusiasmados con los cambios, sin hablar de ellos, nos acompañamos. De vez en cuando se iluminaba la pantalla de mi celular, en señal de que llegaba un nuevo mensaje, pero ningún mensaje era el que esperaba, así que recibía los mejores deseos con decepción.

Tarde en la noche, cuando yo estaba convencido ya de que no me escribiría, llegó su mensaje. Algunos amigos habían pasado a saludarme y tomábamos vino. Esperé a que se fueran para mirarlo. No le dije a nadie que lo había recibido, y seguí en la celebración, con cuánto alivio, disfrutando aquel placer en secreto. El mensaje no tuvo el efecto de distracción —casi ni alcancé a preguntarme por su contenido—, sino que por fin me dejó concentrar en la conversación con ellos; ya que sabía que sí me había escrito, podía participar con los demás. El fin de la fiesta no me dejaría sin nada: tenía un mensaje sin leer. Pero como a uno ya se le han acabado antes otras fiestas, y también sabe uno lo difícil que es quedarse sin nada, solo con el guayabo, cuando se acabó la fiesta leí la primera línea del mensaje y me acosté a dormir. Alcancé a ver que era un mensaje largo, de varios párrafos, y supe que podría leer poco a poco, día a día, para que no se me acabara tan pronto. Quería quedarme en esa novedad —quería tener algo— el mayor tiempo posible, y el ansia de saber lo que decía el mensaje no le ganaba al miedo de quedarme de nuevo sin nada.

A la mañana siguiente acompañé a mi padre al aeropuerto. Dijimos que nos veríamos en su matrimonio, en unos meses, y antes de despedirnos me dijo que le avisara si quería ir con alguien. Volví a pensar en Simón y me dolió saber que, incluso si no hubiera viajado, no habría ido conmigo al evento familiar. Apenas entendía que la nuestra no había sido ese tipo de relación. Al volver a la casa, leí un poco más de aquel mensaje. Pasaron días y semanas sin que terminara de leerlo, leyendo un poco cada día, así que cada día me enteraba de una nueva cosa sobre su vida lejos de mí. En el mensaje me contaba lo que yo no había podido ver ni saber desde que ya no hablábamos. Me contaba detalles, como se le cuentan a alguien querido, aunque no decía en el mensaje que me quería.

Dijo: Salgo a trotar todas las mañanas.

Dijo: Hay un mago en mi calle que cada mañana dice *Want some magic? Best in town.*

Dijo: Tomo al menos una cerveza diaria, no fumo, pido muchos libros en la biblioteca, no leo, no escribo.

Dijo: Mi casa es la más linda entre las casas de mi grupo de amigos.

También dijo: Creo que te molesta que ya no hablemos, pero no he podido ni tampoco he querido; he estado tranquilo y feliz.

Y claro que yo imaginaba que estaba tranquilo y feliz y claro que sabía que no había querido escribirme: cómo no iba a saberlo, si había visto pasar mañanas y tardes esperando que lo hiciera. Cómo no iba a saber.

No preguntaba cómo estaba yo, aunque decía que esperaba que estuviera también feliz en mi nueva casa. Había un lugar, decía, donde quedaría registro de eso: en las páginas que estaba escribiendo.

Quise dejar de escribir para defraudar aquella expectativa de que en un libro quedaría un registro de algo, y alcancé a arrepentirme de haberle contado que escribía sobre él, o sobre un personaje que llevaba su nombre, que para mí era lo mismo. Pensé en su feliz destino: haber inspirado algunas páginas; qué importaba ya si alguien más las leería: las leeríamos él y yo. Pensé en su triste destino: ser reducido a un personaje.

Me molestó del mensaje que insistiera en la felicidad, que no era una aspiración mía, pero al parecer, sin que yo lo intuyera, sí era una de las suyas, y decidí que mejor sería no responderle. Puede ser que disfrutara imaginar la ansiedad o la decepción que causaría en él no recibir ninguna respuesta, y me dije que, en todo caso, no hacía falta responder a aquello que no pedía una respuesta. Lo cierto era que tampoco sabía qué decir. Prefería seguir escribiendo este libro y que se enterara al leerlo de por qué no le había escrito; extender mi silencio para que me escuchara mejor, con más ganas, compenetrado, aquí. No se trató de guardarle una sorpresa, sino de hacerlo más lector que los demás. El lector definitivo; te estoy hablando a ti.

Después de tu partida, Simón, las cosas, las rutinas, adquirieron un matiz de realidad, cierta gravedad. Sentí por primera vez su peso y también yo me sentí, mudado, en mi lugar. Vi el tiempo pasar sin ti, y con tu ausencia recibí una nueva conciencia del tiempo y del espacio. Me vi desde afuera y desde antes: me acercaste al recorrido de mi propia vida. Entonces pude escribir.

Ahora la esperanza me sostiene, pero domesticada y silenciosa. Cada mañana voy planta por planta: reviso con los dedos si la tierra está reseca, les echo agua si me parece o me invento que hace falta, y a veces hasta le suelto a alguna un «A ti te hace falta luz, hoy vamos a acercarte a la ventana», y entonces la muevo y espero que me crea. También en las mañanas tomo vitaminas, practico yoga; soy la caricatura de alguien que se cuida, que busca estar bien. Compro flores para la sala y como más frutas que cualquier persona feliz. Ya no habito el amor salvaje, no vivo arrebatado, y no podrías imaginar a veces cómo lo extraño. El arrebato, si no fuera también consumirse, sería una buena forma de vivir. El abandono es otra cosa, un descanso más allá del ansia. No me visitan ya la exaltación ni el paroxismo, ni tampoco casi las ganas. En el mundo del abandono —que es el mundo de la espera y también el mundo de la quietud: espero a que alguien vuelva o espero a querer irme— se percibe más el cielo, el constante movimiento en lo inmóvil. Así viven las piedras. El que espera busca en las formas de las nubes, detalla la variación de las luces en cada atardecer. Alcanza a anticipar el olvido —se aterra— y también presiente los brillos nuevos de otros ojos y otro nombre —se ilusiona otra vez—. El mismo cielo cubre a los no enamorados, pero como ellos no esperan a nadie, tampoco ven el día pasar: la espera te hace fotosensible, como las plantas que enraizadas se alimentan de la luz. El enamorado dice: Cada día es el mismo, lo que cambia es la luz. Por eso hay tantos amantes que buscan respuestas en los astros. Por eso, tantas canciones para el sol y la luna. Tantos corazones plagados de estrellas.

Quise desaparecer —brillar por mi ausencia, como suele decirse— para poder aparecer luego, como hace el sol. Quise darte ese misterio. Quise que el tiempo pasara en nuestra distancia porque entonces podía ocurrir en mí algún cambio, una transformación que te asombrara cuando volviéramos a cruzarnos en una calle cualquiera, en este texto. Quería poder decirte, después de mi silencio, que miraras esta página, y que entonces pudieras verte en ella, vernos. Desde acá también yo alcanzo a verte. Está oscuro donde estás. Has escogido leerme de noche —en una sola noche todo el libro: eres ese tipo de romántico—, y solo una lámpara te ilumina.

Te conmueve nuestra historia, pero éramos otros cuando nos encontramos y parecemos tan lejanos ahora que termino de escribir. Piensa en el recorrido de la lengua, en los siglos que sucedieron para que llegara hasta ti esta línea, y en el recorrido, en los siglos y también en los kilómetros, que hizo la luz para mostrarte esta palabra. También a nosotros nos han pasado kilómetros y siglos. A tu alrededor permanecen la materia, las superficies: la ropa que tienes puesta, el escritorio, las paredes, la ventana y, allá afuera, la ciudad. Se sienten —se han sentido desde hace un rato, pero solo hasta ahora lo observas— menos concretas, menos presentes, que las palabras mías que oyes, silencioso, en tu cabeza. Me pregunto si suenan con tu voz o con la mía; si así es estar en el otro, más allá del límite.

MAPA DE LAS LENGUAS UN MAPA SIN FRONTERAS 2025

ALFAGUARA / ARGENTINA
Para hechizar a un Cazador
Luciano Lamberti

RANDOM HOUSE / COLOMBIA
Lo llamaré amor
Pedro Carlos Lemus

ALFAGUARA / ESPAÑA
El celo
Sabina Urraca

RANDOM HOUSE / MÉXICO
Orfandad
Karina Sosa

ALFAGUARA / MÉXICO
Esta cuerpa mía
Uri Bleier

ALFAGUARA / ESPAÑA
Orquesta
Miqui Otero

RANDOM HOUSE / CHILE
Tu enfermedad será mi maestro
Cristian Geisse

RANDOM HOUSE / URUGUAY
El humo, la patria o la tumba
Emiliano Zecca

ALFAGUARA / PERÚ
Niños del pájaro azul
Karina Pacheco